魔幻偵探所 **10**

奪命森林

關景峰　著

新雅文化事業有限公司
www.sunya.com.hk

魔幻偵探所 10
奪命森林

作　　者：關景峰
繪　　畫：麥曉帆
策　　劃：甄艷慈
責任編輯：吳金
美術設計：李成宇
出　　版：新雅文化事業有限公司
　　　　　香港英皇道 499 號北角工業大廈 18 樓
　　　　　電話：(852) 2138 7998
　　　　　傳真：(852) 2597 4003
　　　　　網址：http://www.sunya.com.hk
　　　　　電郵：marketing@sunya.com.hk
發　　行：香港聯合書刊物流有限公司
　　　　　香港新界大埔汀麗路 36 號中華商務印刷大廈 3 字樓
　　　　　電話：(852) 2150 2100　傳真：(852) 2407 3062
　　　　　電郵：info@suplogistics.com.hk
印　　刷：中華商務彩色印刷有限公司
　　　　　香港新界大埔汀麗路 36 號
版　　次：二〇一〇年十一月初版
　　　　　10 9 8 7 6 5 4 / 2016

ISBN：978-962-08-5280-0
© 2010 Sun Ya Publications (HK) Ltd.
18/F, North Point Industrial Building, 499 King's Road, Hong Kong
Published and printed in Hong Kong

帶你挑戰魔幻偵探世界

《魔幻偵探所》是一套融入魔法奇幻色彩的新穎偵探小說。在書中，你可以接觸到錯綜複雜的案件、精心安排的陷阱、充滿挑戰的偵探推理，還能窺探到面目可憎的魔怪、異想天開的武器、詭異玄幻的魔界天地。

本叢書的獨到之處是，我們結合故事進展編繪了眾多提示圖表，將幫助你迅速理清光怪陸離的案件線索，從而和書中偵探一起，投入到緊張刺激的偵破行動中。

同時，為了讓你儘快掌握行之有效的邏輯推理方法，領略奇妙動人的魔界空間，我們在每冊書的最後更是精心設計了「偵探課堂」或者「魔法時間」欄目。

在「偵探課堂」裏，我們將從基本的偵探常識入手，逐層深入地講述成為偵探需要掌握的各種技能。你將了解到：如何開展偵探工作，如何具備做偵探工作所需要的心理素質，怎樣有效地提高偵探技能和偵探知識；學習在辦案過程中，靈活機動地做出應變措施；在搜集情報和調查取證過程中，怎樣巧妙地獲得蛛絲馬跡；在面對反偵探、反跟蹤的情況下，懂得擺脫盯梢的尾巴；在撲朔迷離的鬥

智鬥勇中，利用有效手段保護自身實力；在和邪惡勢力對弈交鋒的關鍵時刻，闖過波瀾起伏的生命危機⋯⋯

通過「偵探課堂」指迷，你收穫的不僅僅是揭開神秘面紗、破解疑案謎團的欣喜，還能夠養成細心觀察、勤於思考的習慣，在不知不覺中提高學習知識的興趣。在潛移默化中，還培養了良好的正義觀念，提升了邏輯推理能力，並對養成堅韌性格形成有效的激勵。

而「魔法時間」欄目，則匯集了眾多的魔界咒語法令、魔法圖符、魔法植物、降魔武器，它將帶你走進與眾不同的奇幻空間，領略到眾多超自然物質的魅力。

如果你不怕動腦筋，如果你極具好奇精神，如果你自信有足夠的膽量與推理能力，那麼就一起來和魔幻偵探所的成員們去偵破一個個詭異複雜的案件吧！不論你是否已具有一定的推理能力，「魔幻偵探」們都能使你成為偵探推理高手，成為破案高手！

魔幻偵探開始行動

身分：魔幻偵探所創辦人、領頭羊
年齡：120歲
畢業學校：斯塔福德學院（伏魔系）
學位：博士
捉妖經驗：
108年，獲得「捉妖能手」、
「怪獸剋星」等稱號
性格：
遇事鎮定、善於思考，生氣時
聽到幾句好話氣就消了
最具殺傷力的武器：
顯形粉、細妖繩、無影鋼鐵牆

南森

身分：
魔幻偵探所成員，南森的得力
助手
年齡：13歲
畢業學校：劍橋大學（法術系）
學位：學士
捉妖經驗：1 年
性格：
開朗、逢事觀察細緻，吵架
時總讓着本傑明
最具殺傷力的武器：
細妖繩、凝固氣流彈

海倫

魔幻偵探開始行動

身分：魔幻偵探所實習生
年齡：11 歲
就讀學校：
牛津大學（捉妖系）
捉妖經驗：3 個月
性格：
聰明淘氣、遇事毛躁
最厲害的戰術：
非常規戰術

李傑明

身分：魔幻偵探所機械狗
年齡：100 歲
工作能力：
無所不知的電腦資料庫，
善於用百分比分析事物
性格：
異想天開、調皮、懶惰
最喜歡的食物：
潤滑油
最具殺傷力的武器：
追妖導彈

徐羅

特級裝備

有一句話叫「好偵探全靠裝備」，就是說一個好偵探可不能缺少一些過硬的裝備。你看，福爾摩斯有煙斗，放大鏡！柯南有手錶、麻醉槍！許多名偵探都有屬於自己的特級裝備。現在我們來看看魔幻偵探所的成員們有哪些足以制服魔怪的武器吧，並看看它們的威力！

綑妖繩

能夠對準魔怪迅速旋轉收縮，將它綑緊綁實，繩子一旦落到魔怪身上，就像嵌入肉裏，魔怪越掙脫綁得越緊，當然放繩子時可要放得準才行。

無影鋼鐵牆

這堵牆其實就是氣流，它把氣流變成了無影無形的鋼鐵牆壁，能將敵人困在其中，衝不出去。

顯形粉

這是一種非常神奇的粉末，即使魔怪偽裝、隱形了也完全能顯現出它的原形。對了，它就是「現出原形」的意思！

顯形粉

特級裝備

裝魔瓶

能把**魔怪**收進裏面，使其在三天內化成清水的寶瓶。嘿！即使魔怪身形再龐大，也能收進瓶內。

幽靈雷達

能夠準確測定**氣流**存在的方位，並及時發出警報的裝置。它能跟蹤、測定魔怪在哪裏。不過，如果魔怪的魔力非常強，幽靈雷達有時候也可能測不到，它的更強大的功能還有待你去改進！

追妖導彈

能夠自動尋找**魔怪**，進行智能追蹤的導彈，這種導彈威力比較大，一般魔怪根本抵抗不了。

奪命森林　　　　　　　　　　　　　　　目錄

第一章　兩名失蹤者

「⋯⋯再來一個⋯⋯」本傑明笑嘻嘻地看着電腦，樣子很興奮，海倫和保羅坐在沙發上，都很認真地聽着，「聽好了，沙漠裏什麼東西最常見？」

「啊⋯⋯駱駝唄。」保羅想了一下，答道。

「不對，是⋯⋯仙人掌。」海倫自信地說。

「再想想，你們都沒猜對。」本傑明搖了搖頭。

「那是⋯⋯猜不出來了。」海倫皺着眉，「你揭曉答案吧，我不猜了。」

「笨蛋，是沙子。」本傑明哈哈笑着，「沙漠裏最常見的當然是沙子了。」

「啊？」保羅和海倫對視一下，「這⋯⋯這倒是⋯⋯」

「說什麼呢？」南森博士穿着工作服，從實驗室裏走了出來，「好像很開心呀？」

「博士，本傑明從互聯網上找到的問答題，很有意思

的。」海倫興奮地站起來，「比如說這道題，月球上曾出現過外星人嗎？博士，你來回答。」

說完，海倫、本傑明和保羅都笑嘻嘻地看着南森博士。

「月球上曾出現過外星人嗎？」博士緊鎖着眉頭，思考起來，「這個……」

「好了，不要想了。」本傑明搶着說，「出現過的，地球的太空人上去過，對月球來說，地球當然是外星了。」

「啊？」博士眨了眨眼睛，隨後笑了，「噢，這倒是，有點意思。」

「好了，你們來回答一下這個問題。」本傑明邊說邊看着電腦，「這個問題是——珍妮才十歲，為什麼她能輕鬆地越過一棵大樹？」

「因為她坐在飛機上。」保羅脫口而出。

「不對。」本傑明笑着搖搖頭。

「因為她像我一樣，會魔法。」海倫做了一個飛行的動作，「唸一句口訣，飛過了大樹。」

「也不對。」本傑明又搖了搖頭，他看了看博士，

「博士，你説呢？」

「這個……」博士推了推眼鏡，「也許她是個巨人……不對……也許……」

博士苦思冥想的樣子很可愛，聰明的他這次可真的被難住了。

「算了，我來公布答案吧。」本傑明得意地説，「因為那棵樹被砍倒了呀，哈哈……」

「啊？」博士一副恍然大悟的樣子，海倫和保羅也在一邊笑了起來。

這時，門鈴突然響了起來，聲音急促，大家的目光全都轉向了大門。

「我去開門。」海倫跑向大門。

「根據我的判斷，100%有事情發生。」保羅跳到地上，晃了晃尾巴，「我們又要出發了。」

海倫打開門，只見一個陌生男子站在門口，這個男子大概有四十歲，樣子很拘謹。

「你好，這裏是魔幻偵探所吧？」那個男子看見海倫開門，連忙問道。

「是的。」海倫點了點頭。

「南森博士在嗎？」

「在。」海倫說着打開門，她扭頭看了看博士，「博士，有人找你。」

那個男子對海倫點點頭，走進屋子。他好奇地打量了一下房間，看到博士

朝自己走來，連忙對博士微微地彎了彎腰，並伸出手。

「你好，我是諾森伯蘭郡諾森伯蘭國家公園管理局的西德尼。」那個男子和博士握了握手，看得出，他看到博士，有種難以掩飾的興奮表情，聲音也顯得很激動。

「你好，我是南森。」博士說道，「有什麼事可以幫你？啊，你先請坐，慢慢說。」

西德尼還是有些拘謹，他又朝博士欠了欠身子，隨後坐到沙發上。

　　「這幾位是我的助手。」博士指了指海倫他們，「海倫，本傑明，還有保羅，他是機械狗。」

　　說着，博士還摸了摸保羅的頭。

　　「我聽說過你們。」西德尼一直緊繃的臉上有了些笑容，他信任地對海倫他們點點頭，目光在保羅身上停留的時間要長一些。

　　「喝咖啡請說『褐色香濃』，喝紅茶請說『紅色香濃』。」西德尼身邊的茶几發出了聲音。

　　「啊？」西德尼看了看茶几，有些緊張，「那麼……褐色香濃。」

　　茶几的桌面打開，一杯冒着熱氣的咖啡被托盤送了出來，西德尼小心翼翼地端起咖啡，喝了一口。

　　「先生，你遇到麻煩事了，對吧？」保羅望着面前這個表情嚴肅的人，問道。

　　「是的。」西德尼連忙說，「非常棘手，我想只有你們才能幫助我們。」

　　「有什麼事，你請說吧。」博士說着坐到了一把椅子上。

　　「你們知道諾森伯蘭國家公園吧？去過嗎？」西德尼

並沒有急着説出來這裏的緣由，而是反問道。

「知道。」博士答道，「靠近蘇格蘭，但我沒有去過那裏。」

「我也沒有去過。」海倫和本傑明一起説道。

「公園的最北邊，有一片森林，叫伍勒森林，這裏現在成了恐怖森林，我們覺得可能有個妖怪在裏面作怪。」西德尼沉重地説，「最近一個星期，有兩個遊客在那片林地裏莫名其妙地失蹤了，警方進行了全面搜索，只找到一些失蹤者的個人物品……」

「你是説有人在森林裏失蹤？」本傑明打斷了西德尼的話，連忙問道。

「其實並不是失蹤這麼簡單。」西德尼略帶憂鬱地説，「有一個遊客在失蹤前打過一個999報警電話，當時他大喊救命，還説有妖怪，可他只説了這些，隨後接線員就聽不到他的聲音了，不過那手提電話還沒有關機，接線員確定了手提電話的位置，就在伍勒森林裏，警方到達後，發現被砸爛的手提電話，但是卻找不到人。」

「他大喊有妖怪嗎？」博士問道，很明顯，他對這一點比較關心。

「是的。」西德尼説,「警方有錄音,當時那個人對着手提電話喊有妖怪,不過他只説了這麼多,我想當時的情況一定很危急,那個妖怪正在追殺他。」

「你認為是妖怪?」博士問道。

「是的。因為警方很快就趕到了現場,只找到那個人的背包,其他什麼都沒發現。」西德尼微微地點點頭,「隨後警方擴大搜索範圍,在進出那片森林的周圍道路設立檢查站,結果什麼都沒有找到。噢,你們可能不知道,

整個諾森伯蘭國家公園人煙稀少，公園北面的伍勒森林更是人跡罕至。而兩個人相繼在裏面失蹤，且背包裏的財物都在，其中一個還大喊有妖怪，所以連警方也懷疑不是人類作案。」

「他倆互相認識嗎？」博士又問，「或者說這兩人之間有什麼聯繫嗎？」

「不認識。」西德尼說道，「警方調查過，他們一個來自利物浦，另一個來自愛丁堡。愛丁堡的那個遊客是在同伴休息時單獨走進那片林地的……」

「打手提電話呼救的那個人是他嗎？」

「不是，是利物浦的那個遊客打的，他是獨自來旅遊的。」

「還有個問題，」博士說，「會不會是大型猛獸襲擊呢？那人嚇壞了，也許遭到了攻擊，意識不清，所以說遇到妖怪。」

「我們那裏最厲害的野獸就是狐狸。」西德尼輕輕地搖搖頭，「即便是猛獸襲擊，也會留下明顯的痕跡的，可那兩人就像是人間蒸發了一樣。」

博士沒有再提問，他用一隻手托着下巴，目光直直地

盯着地面，陷入沉思之中。

房間裏非常安靜，西德尼先生的緊張情緒有些放鬆了，他和海倫對視一下，相互微微地點了點頭。

「我想……」博士説着把手放下來，「我們還是和你去一下現場吧，儘管只是一個電話呼救，還是要去一下的好，這個案子似乎有些蹺蹊。」

「太好了。」西德尼頓時激動起來，「你們一定能解決這件事情的……」

「也許是人類作案，到了現場我們會識別的。」博士補充道。

「警方會配合你們的，他們也希望你們能去看一下。」西德尼連忙説道。

「那好。」博士説，「那麼我們怎麼去？乘火車……」

「實際上我是開車來的，你們可以坐我的車去，大概只要四個小時就到了。」西德尼急匆匆地説道，「噢，請原諒，我有些着急。」

「那也好。」博士微微笑着，「我能理解你的心情，遇到這種事，當然是很着急的……啊，你剛剛開車過來，

很累了吧？」

　　「沒關係的，只要你們能早點趕到我們那裏去……」

　　「這樣吧，我來開車。」博士打斷了西德尼，「我看你先稍微休息一下，我們也要準備一下，我們吃了飯就走。」

　　「也好。」西德尼說道。

　　西德尼被博士請到客房休息，大家也開始準備了。雖然不能認定伍勒森林裏就是魔怪作案，但是去了解一下也是必要的。

　　顯形粉、幽靈雷達、魔怪貼等降魔工具一樣都不能少，保羅裝上四枚追妖導彈，並帶了四枚備用彈。博士還簡單地搜索了一下諾森伯蘭國家公園那一地區魔怪活動的資料，發現那裏近百年來一直是平安無事的，沒有任何魔怪出現。

　　很快，大家就收拾好了東西，吃過飯後，他們一起出門去。

　　西德尼先生開來的是一輛寬大的商務車，看來他早就有「預謀」了，他是一定要把魔幻偵探們請去破案的。大家上了車，博士開車上路，不一會，車就開出了倫敦城。

出城之後，汽車上了高速公路，向北面的諾森伯蘭郡飛奔
而去。

第二章　來到恐怖森林

博士專心開車，本傑明、海倫和西德尼談論着案情。對於案情，西德尼先生知道的不是很全面，詳細情況當地警方比較了解，正是詳細了解案情後，警方才產生魔怪作案的懷疑，西德尼從警方那裏獲悉這一情況後，馬上前來倫敦。交談後大家才知道，西德尼是諾森伯蘭國家公園管理局的主任。

高速公路上的汽車並不多，一路上，西德尼顯得憂心忡忡，伍勒森林儘管很少有人去，警方也在一些路口設立了安全警告的告示，並在森林周圍駐紮巡邏，但不能排除還是會有個別遊客不了解情況進入森林而再遭不測。

受西德尼情緒的感染，本傑明和海倫也無心欣賞公路兩旁的風景。保羅倒是像沒有事發生一樣，一上車，他就戴上海倫的耳機，聽起了音樂。

行駛了三個多小時，他們到了達靈頓市，前面不遠就是諾森伯蘭郡了。西德尼讓博士停下車，他坐到駕駛座

上，隨後發動了汽車。西德尼要把大家直接帶到伍勒森林旁邊，那裏有一座管理局的房子，辦案期間，博士他們被安排住在那裏。

不到一個小時，汽車就開到了目的地。他們進入諾森伯蘭郡後，發現這裏的樹林連綿不絕，確實很多。汽車在一所房子前停下後，大家全都下了車。

「空氣不錯。」保羅跳下車後，吸了吸鼻子，「比倫敦的好多了，真是天然氧吧呀。」

「對，這裏的空氣確實不錯。」西德尼説着，指了指房子後面的一片樹林，那樹林距離房子的距離不到一百米，「那就是伍勒森林。」

伍勒森林就在眼前，不久前它還是國家公園裏的一處普通的林地，現在已變成了恐怖森林。從外面看，這座樹林和其他樹林沒有什麼區別，茂密的樹木、糾結在一起的樹冠，一眼看去，滿眼的綠色。

博士他們筆直向那密林走去，西德尼頓時緊張起來，他走過去想拉住博士，博士看了看他，笑着示意他沒事，西德尼想了想，忽然想到博士他們是魔法師，於是小心地跟在他們的後面往前走。

　　博士帶着本傑明他們來到森林旁，傍晚的陽光擦過樹梢灑在草地上，把草地染成橘紅色，很好看。南森沒有走進森林，只是向裏面張望着。

　　樹林裏的樹大多是山毛櫸，還有一些榆樹，也有橡樹，這都是一些英國的常見樹種。博士看了看保羅，保羅

已經開啟了魔怪預警系統，不過他沒有發現什麼異常，保羅對博士輕輕地搖了搖頭。

「南森博士，已經不早了，我想還是先回房間吧。」西德尼略帶不安地説，「你們把行李放下，尼克警官馬上到，他會詳細和你們談一下案情的。」

「好的。」博士點點頭，轉身向房子走去。

西德尼連忙跟在博士身邊，他心有餘悸地回頭看了看樹林，樹林在逆光中形成一個黑乎乎的景象，就像是一張張開的大嘴，西德尼連忙扭轉頭，快步跟上博士。

大家一起走進那所房子，這是一座兩層的樓房，不算大。以前這裏是管理局的一個辦公場所，兩宗案件發生後，警方讓工作人員撤離，六名裝備了強大武器的警員入駐其中，時刻監視着森林裏的情況，預防下一宗案件發生。

博士他們進入房子後，先和那些警員見了面，負責這宗案件的尼克警官正在趕過來。博士他們被安排住在二樓，放下行李後，他們全都來到博士的房間，博士站在陽台上，望着不遠處的森林。

「我剛才用幽靈雷達探測了一下，」海倫也望着那片

森林，「沒有發現什麼，也許是魔怪藏在森林深處，幽靈雷達偵測不到。」

「啊，我說海倫，你真以為這裏有魔怪？」本傑明的語氣大驚小怪的。

「啊？」海倫看了看本傑明，「你不認為嗎？」

「人確實是失蹤了，應該是遭到了不測。」本傑明聳聳肩，「不過我不大相信是魔怪作案，我看過地圖，這座森林不大，四周是丘陵草地，比較孤立，根據經驗，魔怪很少會藏身在這裏的。」

「那有可能是躲進這裏作案，然後逃走了呢。」海倫爭辯着。

「這個……我看可能性也不大，這裏向南不遠是博多森林，比這裏大多了，遊客也會多一些，為什麼不藏在那裏作案呢？」

「這……」海倫回答不上來了。

「本傑明這樣分析，也是有道理的。」博士在一邊說。

「看看，博士也這樣說。」本傑明眉毛一揚，「我覺得這次可能白來一趟，最後還是我們撤離，警方出面，就

像上次康沃爾郡那個小鎮的襲擊案一樣⋯⋯」

「我覺得魔怪作案和人類作案的可能性各佔50%」。
保羅搖着尾巴，望着不遠處的森林說。

魔怪和人類作案的
可能性各佔50%。

在伍勒森林裏，幽靈雷達探測一無所獲，
到底是魔怪作案還是人類作案呢？

「不管怎麼樣，既然已經來了，我們還是要和警方配
合，找出真兇。」博士用堅定的口吻說。

正在這時，西德尼站在敞開的房門前，他的身後，跟
着一位比較年輕的警官，看來他就是尼克警官了。

「南森博士，這位是尼克警官。」西德尼邊說邊和那
位警官一起走進來。

「你好，尼克警官。」博士連忙迎上去，和尼克警官握了握手，「這是我的助手海倫、本傑明，還有保羅……」

「你們好。」尼克跟大家打招呼，「不好意思，剛才在開會，知道你們到了，我馬上趕過來，啊，這是有關這個案件的資料，我也帶來了。」

「沒關係。」博士接過那些資料，「你請坐。」

尼克坐到沙發上，看到陽台開着，他的目光也不禁向外面的森林望去。

第三章　初步搜索

「尼克警官，你們警方認定這兩宗案件是魔怪作案嗎？」尼克剛一落座，博士就開門見山地問。

「是的，當然還不能100%的確定。」尼克認真地回答道，「你們可能了解了一些案情，我們並不僅僅是因為失蹤者打了聲稱遇見魔怪的報警電話，就判定是魔怪作案的，你們先看一下案情資料吧。」

博士點點頭，拿起那些資料，認真地看了起來。那些資料有文字，還有照片，海倫和本傑明也湊過去一起看。

「噢，你們會認定是魔怪作案，是因為第二宗失蹤案警方及時行動，包圍了整個案發地區卻一無所獲……」博士拿着一份資料，邊看邊説。

「是的。」尼克説，「我可以詳細説一下當時的情況，第一宗失蹤案是幾個遊客在伍勒森林附近徒步旅行，他們走累了，就在森林旁休息，其中一人在大家休息時進入了森林，結果和同伴失去了聯繫，同伴打通了他的手提

電話，但無人接聽，後來再打手提電話就關機了……」

「對不起，請問這座森林裏有手提電話信號嗎？」博士打斷了尼克的話。

「這片林地不大，周圍有幾個鎮子，林子裏有手提電話信號的。」

「知道了，你接着說。」

「失蹤事件發生後，我們就在林中進行了搜索，但沒有任何結果。走訪附近居民，也沒人看到有可疑的人或車輛在森林附近出沒，一個大活人就這樣在林中蒸發了，我們便開始對伍勒森林有了特別的關注，當時我們認為是有人將失蹤者帶出了森林。」尼克說着，又看了看不遠處的森林，「那人失蹤三天後，我們接到999通知，說有人在林中呼救，我們便立即行動，這次行動我們不但派人進入森林，而且用最快的時間在森林周圍監控，嚴查行人和車輛，這樣做就是怕有人將受害者帶出森林。結果你也知道了，進入森林的人沒有找到失蹤者，森林周圍監控的人也沒有截獲任何可疑的人和車輛。這次行動，在周邊監控的警隊還動用了兩架直升機，十幾隻搜索犬和各式儀器，把林子裏翻了個底朝天，但是……」

　　説着，尼克輕輕地搖了搖頭，他拿起一份資料，上面有一張地圖，他指了指伍勒森林的位置。從地圖上看，伍勒森林四周都是平原和丘陵，並沒有和其他森林相連。

　　「你們看，伍勒森林長寬都不超過五哩，步行一小時就能從森林的一頭走到另外一頭。這麼小的區域要找一個人怎麼會找不到呢？」尼克用力地在地圖上的伍勒森林處劃了個圈，「而且那天在周邊監控的警隊行動迅速，接到999通知後很快就包圍了森林。根據999的定位，失蹤者報警的地方在森林的中央，就是説如果有人在森林裏劫持了失蹤者，最快也要半小時才能走出森林，森林裏是沒法開車的，警員早就等在外面了，天上還有直升機搜索，可就這樣嚴密的監控，還是沒有找到失蹤者，我們不得不懷疑這根本就是魔怪作案。」

　　「這樣判斷……有道理。」博士聽完尼克的解釋，若有所思地説。

　　「尼克警官，你説作案人會不會使用直升機呢？」本傑明問，「這樣他們劫持了受害者就能快速逃離。」

　　「不大可能。」尼克説，「我們也想到過這種可能，不過根據這一地區的空中管制記錄，當時沒有任何飛行物

體進入伍勒森林地區，伍勒鎮距離森林只有四百米，而且我們走訪過森林附近的居民，案發當時如果有直升機出沒，應該有人聽到聲音或看到直升機的。」

「警員也問過當時在這個房間工作的管理局同事，他們回憶在案發時沒有聽到有直升機的聲音。」一直沒有説話的西德尼插話道，「這裏就在森林邊上，案發後不久前來的警用直升機他們倒是看到了。」

「對，這兩架直升機來之前他們沒有聽到其他飛機的聲音。」尼克補充了一句。

房間裏又出現了片刻的寧靜，博士又低頭看那些資料。此時，外面的天色已經黑了下來，伍勒森林黑壓壓的，讓人感到有些不舒服。

「尼克警官，第二個失蹤者打了報警電話，他説有妖怪，電話記錄裏有沒有他的尖叫或者慘叫聲？」

「沒有，我聽過的。如果你要聽，可以去警察局的鑒證室，其他物證也在那裏。」尼克説，他看上去有些不解，「尖叫聲……很重要嗎？」

「是的。」博士開始解釋，「保羅的系統裏有對受害者慘叫聲音的分析，人被魔怪和被同類傷害時的慘叫聲有

差別，根據分析能很快辨析出是否是魔怪作案。」

「很遺憾，沒有慘叫的聲音，只有呼救聲。呼救聲行嗎？」尼克連忙問。

「不行。」博士搖搖頭。

博士翻看完了最後兩頁資料後，把那些資料遞給海倫，然後把頭轉向尼克警官。

「資料就這麼多嗎？」

「是的。」尼克點點頭，隨後看了看手錶，這時天已經完全黑了，「南森博士，如果沒有什麼其他問題，我看你們還是先休息一下吧，你們坐了一個下午的車，也累了。」

「那也好。」博士微微笑着，「你看這樣好不好，明天我想和助手們親自去一趟森林，去案發地點看看，做一次初步的搜索，然後去警局的鑒證室，聽聽錄音，再看看其他物證。」

「好的。」尼克説着站了起來，「我親自陪你們去，早上九點可以嗎？」

「可以。」博士也站了起來。

「那好，你們先休息，我們走了，明天見。」尼克和

西德尼一起向外走去，突然，尼克站住了，「啊，南森博士，你們住在這裏絕對安全，這裏雖然靠近森林，但樓下是我們的警員，要是真有魔怪偷襲，我想你們一定能對付吧！」

「我就等着他來呢！」本傑明高聲喊道，「就怕他不來。」

大家全都笑了起來。尼克和西德尼走了，博士三人一直把他們送出大門，兩人開車走後，博士他們沒有急着回去，他們站在門口，望着那片黑壓壓的森林。

「本傑明，你現在相信是魔怪作案了嗎？」海倫輕聲問道，好像怕聲音被森林裏的魔怪聽到一樣。

「聽他這麼一説，可能真是魔怪作案。」本傑明説，突然，他狡猾地一笑，「不過……」

「不過什麼？」海倫問。

「也許作案人挖了一條地道，警員沒有找到。」本傑明説。

「這……」海倫皺起了眉頭。

「明天進森林看看，也許能找到什麼線索。」博士望着不遠處的森林，意味深長地説。

　　第二天一早，博士他們都起來得有些晚，昨晚他們睡得很好。晚上的時候，森林裏很安靜，自從第二個失蹤者失蹤後，伍勒森林沒有再發生什麼新的案件，緊靠森林居住的幾戶人家全都被警方勸到了伍勒鎮上居住，這所森林邊管理局的房子也住進了警員，一旦有緊急情況，警員會立即出動，同時警員們還以這所房子為據點，定時巡邏，阻止有可能進入森林的遊客。在伍勒森林的四周，有好幾個這樣的據點。

　　博士他們剛剛吃完早餐，尼克警官就來了，還帶來了兩名警員。博士他們回到房間，拿上搜索用的東西，和尼克警官及另外兩名警員一起走出了房子的後門。

　　走了幾十米，他們就來到伍勒森林邊緣的一棵大樹前，再往前走，他們就要進入森林了。

　　這是一個陰暗的早晨，沒有陽光照射的伍勒森林極為安靜地矗立在大家面前，微風輕輕搖動着樹葉和樹枝。這裏甚至聽不到鳥的叫聲，也許只有那些雀鳥才知道這座連續有兩人失蹤的恐怖森林裏隱藏着的秘密。

　　「我們進去吧。」尼克走在前面，他停下腳步，回頭對博士他們説。

　　兩名警員各端着一支手槍，警惕地望着四周，警方上次搜索過森林後，再也沒有人進去過。

　　「保羅，開始預警系統。」博士看了看腳邊的保羅，隨後又看看海倫和本傑明，「你們打開幽靈雷達吧。」

　　兩人打開了各自的幽靈雷達，本傑明用手裏的雷達對着森林裏探測了一下，幽靈雷達沒有任何反應。

　　「要是遇到魔怪，不要緊張，注意保護好尼克警官他們的安全。」博士對小助手們叮囑道，他拍了拍尼克警官的肩膀，「我們進去吧。」

　　尼克第一個進入森林，博士跟在他身後，海倫和本傑明手持幽靈雷達在他們的兩邊。兩名荷槍實彈的警員則在大家的最外側，槍口對外，他倆的神情有些緊張。

　　森林裏很暗，外面的光穿過那些茂盛的枝葉，鑽進了林子裏，這才使伍勒森林不至於完全黑暗。

　　他們小心地前行着，博士四下觀察，這裏除了樹還是樹，而且大都很粗壯，看起來都有上百年的樹齡了。

　　就在他們進入森林一百多米時，突然，博士的身後有個黑影晃動了一下，博士感覺到了什麼，他猛地回頭一看，發現有棵大樹的枝條在微微擺動着。

「怎麼了？」尼克也趕緊回身，手按住了腰間的槍套。

「沒什麼。」博士的神態恢復了正常，「是風吹動了樹枝。」

大家繼續前行，森林裏只能聽到他們的腳踩在落葉和斷枝上發出的聲音。他們走了十幾分鐘後，看到沒什麼異常，神情都不再那麼緊張了。

昏暗的森林，還是沒有一絲生氣，本傑明和海倫用幽靈雷達四處探測着，沒有發現魔怪存在的跡象。不但如此，連動物也沒有發現，這也許算是森林裏的異象吧。

一路上，大家都沒怎麼説話，尼克帶着大家向森林深處走去，走了大概二十多分鐘，尼克在一棵山毛欅樹下站住，他示意大家停下腳步，隨後拿出一個電子定位儀，在上面看了看。

「就是這裏。」尼克指着山毛欅的樹下，「第一個失蹤者的背包就是在這裏發現的，我們不能確定他失蹤的具體位置，只是在這裏找到他的背包。」

博士他們立即走過去，開始搜索。那兩名持槍的警官舉着槍，在一邊守衞着。

　　保羅用鼻子東聞西嗅的，還用眼光掃射着地面，努力地想找出什麼東西來。博士站在保羅身邊，不用他吩咐，經驗豐富的保羅知道應該怎麼做，他主要就是尋找魔怪遺留的痕跡。海倫和本傑明手持幽靈雷達，對着四周探測起來。

　　五分鐘過去了，保羅把那個區域仔細地找了一遍，

沒有發現什麼魔怪遺留的痕跡。他走到博士身邊，搖了搖頭。海倫和本傑明也對博士搖搖頭。

博士點了點頭，他知道這裏已經被警方搜索過了，如果有人類作案的痕跡，警方一定會發現的，現在這裏也沒有發現魔怪作案的痕跡。

「尼克警官，我們走吧，你是要帶我們去第二個失蹤者失蹤的地方嗎？」

「是的。」尼克點點頭，「那裏距離這裏不遠，在森林的中心位置。」

大家跟着尼克警官繼續向前走去，大概走了十分鐘，尼克警官在一棵大樹下停下腳步，他又拿出電子定位儀，翻看起來。

「就是這裏了。」尼克指了指不遠處的一塊地方，「這裏就是發現失蹤者被砸壞了的手提電話的地方，根據999處理中心的判定，失蹤者用手提電話呼救也是在這裏，失蹤者的背包也是在這個區域被發現的，這裏應該就是第一現場。」

顯然，這裏的查找價值要比剛才那裏大，保羅立即開始了搜索，他的鼻子緊緊地貼在地面上，四處嗅着。過了

一會，保羅抬起身子，看着地面，兩道紅光從他眼睛裏射了出來，他把地面掃射一遍，隨後，紅光消失了。

「博士，沒有什麼發現。」保羅走過去，很遺憾地對博士説道。

「知道了。」博士緊鎖着眉頭，他走到尼克警官身邊，「尼克警官，案發現場就這兩處嗎？」

「是的。」

「暫時沒有什麼發現。」博士説道，「這樣吧，我們是從北面進入森林的，你帶我們從南面穿出森林，我想讓海倫他們用幽靈雷達把整個森林搜索一遍。」

「好的。」尼克説，「走吧。」

大家再次上路。海倫和本傑明都有些無精打采的，保羅的情緒也不高，如果沒有發現線索，就連是否是魔怪作案也不能判斷，更不要説破案了。

「我説了吧，根本不像魔怪作案。」本傑明走到海倫身邊，小聲地説道。

「也許是白來一場。」海倫也有些懷疑不是魔怪作案了，「要真是人類作案，手段可夠高超的。」

「這是今年第三次白跑了吧？」保羅走近他倆，插話

道。

「嗯，是的。」海倫説。

「哎，白來一趟，本來説好要和後街那家新來的大白貓菲力去公園呢。」保羅抱怨起來。

博士和尼克走在前面，聽到小助手們在抱怨，博士回頭看了看，腳一下踩在一根樹枝上，樹枝發出一聲清脆的斷裂聲，就在這時，一個黑影在樹梢上閃過。

「誰？」尼克警覺地站住，喊了一聲。

兩名隨行的警員一起舉起了槍，槍口對着樹梢。博士和小助手們也都做好了攻擊準備。

「撲啦啦——」一隻鳥飛了起來，牠掠過樹梢，飛遠了。

「是隻鳥。」一名舉着槍的警員放下了槍。

大家都放鬆下來，繼續前進。

又走了半個小時，

大家終於走出了森林，一路上的雷達搜索，沒有發現任何魔怪存在的跡象。出了森林，空氣沒有那麼壓抑了，但是他們的心情都不是很好。

　　「這裏就是伍勒森林的南端。」尼克站在森林邊緣，比劃着說，「現在我們怎麼辦？要不要去警局的鑒證室？」

　　「好的。」博士說。

　　「那我們去那邊。」尼克指了指不遠處的一所房子，那所房子距離森林有一百米遠，「那裏本來是一戶居民住房，我們把裏面住的人安排到鎮上居住了，現在裏面住着我們的警員，我去借一輛車。」

第四章　老人提供的線索

尼克帶着大家向那所房子走去，房子門前有兩名警員正在説話，看到尼克等人走來，兩名警員連忙在門口立正。

「尼克警官。」警員們一起敬禮。

「你們好。」尼克還禮，「有什麼情況嗎？」

「報告，一切正常。」

「很好。」尼克點點頭，「把汽車鑰匙給我，我們要去一下局裏。」

「是。」一名警員掏出身上的汽車鑰匙，遞給了尼克警官，「這是大車的鑰匙。」

尼克拿了車鑰匙，帶着大家走到房子的前門，前門停着一大一小兩輛汽車，尼克打開那輛大車的車門，招呼大家上了汽車。

汽車向森林東北面的警察局方向駛去，車是沿着森林邊緣的一條公路開的。大概開了幾分鐘，博士看到公路邊

有一所房子，一個老人在門前忙碌着，他似乎正往停在門前的一輛車裏放什麼東西。

「尼克警官，停車。」博士看着那個老人，突然説道，「我想問問情況。」

「這裏怎麼還有居民？」尼克很不高興地説，他把車停在路邊，「我們把森林周邊的居民都疏散了，這人真是不知道危險，怎麼又回來了？」

博士他們從汽車上下來，向那房子走去。突然，一條金毛大狗竄了出來，把走在前面的本傑明嚇了一跳，保羅看見那隻狗，連忙迎了上去。

金毛大狗看到保羅，警覺地站住了，牠聞了聞保羅，似乎發現有什麼不對，繞開了保羅。

「水手，不要亂跑。」剛才搬東西的老人從房子裏走了出來，對着大狗喊道，「回去。」

叫「水手」的金毛大狗很聽話，牠看了看保羅，慢慢地回到門前的汽車旁，很安靜地坐在地上。

「先生，你不應該回來的，警報還沒有解除。」尼克警官走過來，用一種埋怨的語氣説道。

「噢，我知道的，我回來拿一些東西，馬上就走。」

那個老人連忙説，顯然他也知道自己不應該回來。

「先生，請問你一直住在這裏嗎？」博士走過去，問道。

「是的，我在這裏住了四十年了。」

「最近這裏發生的事情你一定知道的，請問這段時間森林裏有什麼異常的事情發生嗎？」博士進一步問。

「沒有什麼異常呀。」老人聳聳肩，「誰知道會發生

這樣的事呀，真的變成恐怖森林了。」

「這片林地一直這麼安靜嗎？我覺得裏面好像連動物都很少。」博士説。

「動物是有的，我看到過狐狸、兔子。」老人説，「當然這裏的動物沒有博多森林那裏多，這林子不大。」

「噢，知道了。」博士緩緩地説。

「警方前幾天調查的時候，我也和他們説過了，這裏

一直很平靜的，從來沒有什麼異常發生過。」老人又聳聳肩，無奈地説。

「那好，打擾了。」博士對老人點點頭，「謝謝。」

「先生，你快開車離開這裏吧。」看到博士問完了話，尼克對那老人説。

「知道了，我這就走。」老人説着向自己的汽車走去，他看到一直蹲在汽車旁的狗，上去摸了摸狗的腦袋。

博士他們也走向自己的汽車。老人站在自己的車前，突然，他回頭看了看博士他們。

「喂——」老人叫道。

「啊？」博士聽到喊聲，立即轉身走回來。

「我的記性越來越不好了。」老人似乎是想起了什麼，他拍了拍自己的腦袋，「當然，這可能不是什麼異常情況……」

「有什麼情況？你只管説。」博士耐心地説。

「剛才看到我的狗，我突然想起一件事。」老人回憶道，「大概在幾天前，啊，應該是第一宗失蹤事件發生前，晚飯後我帶着『水手』在林子邊散步，『水手』最喜歡在那裏玩了，有時候牠還會追那些竄出來的兔子。我聽

到樹林裏有『沙沙』的聲音，好像是樹葉摩擦的聲音，『水手』聽到那聲音後馬上往回跑，我就跟着牠回家了，噢，對了，當時好像地上有些輕微的震動。」

「『沙沙』的聲音？」博士的眉頭深鎖，「是風聲嗎？」

好像是摩擦的「沙沙」聲，地上也有些輕微的震動。

「沙沙」的聲音到底是什麼聲音呢？

「那天根本就沒有颱風。」

「聲音大嗎？」

「不算太大，不過聽上去很清楚。」

「那震動呢？很輕微嗎？」

「好像有些震動，很輕微的，不過我現在也沒辦法確定了，也許是我感覺錯了，我想想……」老人皺起了眉

頭，「可能是我記錯了，當時沒有震動聲，真不好意思，是我記錯了⋯⋯」

「沒什麼。」博士笑笑，「那⋯⋯還有什麼發現嗎？」

「沒有了。」老人搖搖頭，「這事是我剛剛想起來的，警員調查時我好像沒有和他們說這件事，我也不知道這算不算異常？」

「謝謝你。」博士連忙道謝，他似乎還不甘心，「這事我記下了，沒有其他什麼發現了嗎？」

「沒有了。」

「那好，我們走了，你也馬上去鎮上吧，這裏不是很安全。」

「嗯，再見。」老人再次向自己的汽車走去。

博士他們也上了車，尼克看着老人開車上了公路後，才發動了汽車。

「看看『水手』，比你老實多了。」海倫看着坐在老人汽車後排座椅上的「水手」，對保羅説道。

「牠和我不是一個品種的，你不覺得牠太老實了嗎？」保羅晃晃腦袋，「聽到一些聲音都要跑，沒出

息。」

「博士，你覺得那『沙沙』的聲音是個線索嗎？」海倫突然想起了什麼，問道。

「我覺得不是。」本傑明搶着說，「林子裏有些聲音，很正常。」

「我在問博士，你們這些牛津的學生就是愛搶話說。」海倫揚起了脖子，一副不滿意的樣子。

「劍橋的學生全以為自己是老師……」本傑明在兩校之爭中是從不示弱的。

「好了，好了。」博士連忙打斷他們，否則他們會繼續吵下去的，「我們在討論森林裏發出的聲音。」

「博士，那你說呢？『沙沙』的聲音是線索嗎？」本傑明的注意力終於被拉了回來。

「這個……」博士望着不遠處的森林，沒有給出答案，「這真的很難說……」

沒一會，汽車就開到了波本鎮的警察局門口，伍勒森林就在這個警局的轄區內。大家下了車，尼克警官帶領博士他們來到鑒證室門口，他把博士三人請到一個房間裏，隨後去辦理了檢查物證的手續，很快，他和一名警員拿着

有關失蹤案的物證走進房間。那警員放下東西後，走了出去。

「我們先聽一下那個報警的錄音。」尼克手裏拿着一張光碟，他把光碟放進一台電腦裏。

博士和小助手們圍到電腦旁，尼克警官用滑鼠操縱着電腦。

「好了，你們聽聽吧。」尼克按下了播放鍵。

音箱裏先是傳來一陣嘈雜的聲音，很快，呼救聲傳來。

「⋯⋯喂，快來救我，我遇到了妖怪，真的是妖怪，我在伍勒森林裏，救⋯⋯」

只有這簡單的幾句話，隨後是「啪」的一聲，估計是手提電話掉落到地上的聲音，隨後是999報警中心的接線員的聲音。

「先生，請説出你準確的方位，請問你具體在什麼地方？有什麼可以幫你的⋯⋯」

這種呼叫一直持續着，接線員不停地發出詢問，詢問持續了半分鐘，隨後手提電話裏發出「咔」的一聲，電話斷線了。

「沒有尖叫聲。」保羅聽完以後，有些無奈地説，「無法進行聲音判定。」

「電話錄音只有這麼多。」尼克説完拿過來一個透明塑膠袋，塑膠袋裏放着一個手提電話，那個手提電話已經壞了，一道明顯的裂痕橫向出現在手提電話的中部，「經過檢查，這就是聲稱遇見妖怪的失蹤者報警用的手提電話，手提電話被重物擊打，已經壞了。」

博士拿過那個塑膠袋，仔細地看着那個幾乎被打斷的手提電話，隨後，他把那個塑膠袋遞給了海倫，海倫謹慎地接過塑膠袋，和本傑明一起看起來。這部手提電話的照片博士在尼克拿來的資料中看到過。

「這樣説，作案者有可能是打暈或殺害了失蹤者後，又砸壞了手提電話，而不是把手提電話關掉。」博士分析道。

「我們也是這樣推斷的。」尼克説，「而且應該是用了很大的力氣，一下就把手提電話砸壞了。」

「斷裂處還黏着一些東西呢，你們檢查過是什麼嗎？」博士説着，又從海倫手裏拿過手提電話，他還掏出了放大鏡，對着斷痕照了照。

的確，手提電話中部的那個斷痕上，黏着一些細小的東西。

「檢查過的，是樹枝的碎片。」尼克説，「我們推斷作案者是用一根比手臂要細一些的樹枝打斷手提電話的，999接線員一直在呼叫，作案者可能煩了，打壞了手提電話。」

「樹枝……」博士若有所思地點點頭，「那麼，在現場或附近地區找到那根樹枝了嗎？」

「沒有。」尼克説，「現場沒有任何樹枝，附近一棵大樹下有一根斷枝，但是非常粗，要是這根斷枝砸在手提電話上，斷裂痕跡就不是現在這個樣子了。」

「在現場只找到這部手提電話嗎？」博士問。

「還有失蹤者的背包，裏面有吃的，還有錢包，錢包裏有很多現金，信用卡也在。」尼克説着，把兩個背包拿到桌子上，「兩個失蹤者的背包都在這裏，看上去他倆的錢財都沒有什麼損失，作案者顯然不是為了錢。」

　　博士戴上手套，開始仔細翻看背包裏的東西，這是兩個很普通的旅行背包，裏面的東西也沒有什麼特殊。博士又看了看背包的外部，兩個背包都是完好的，沒有任何破損。

　　「沒有其他東西了吧？」博士看完兩個背包，說道。

　　「沒有了。」尼克說着請博士坐到了沙發上，「根據這些物證判斷，第一個失蹤者獨自進入了森林，他可能還沒有發現作案者就遇襲，背包被作案者遺棄，或是他發現了作案者，扔下背包逃命，但沒有成功，不過無論哪種情況，他都沒有撥打報警電話。第二個失蹤者也是獨自進入森林，他遇見了作案者並立即報警，但作案者砸壞了他的手提電話，他的背包也被作案者遺棄。從現場情況看，沒有發現血跡和搏鬥跡象，所以關於兩人的生死，還不能下結論。」

　　「他們已經失蹤幾天了？」海倫問，「好像有七、八天了吧？」

　　「第一個失蹤八天了，第二個失蹤五天了。」尼克沉重地說，「說老實話，我們一點頭緒都沒有。」

　　「確實是宗棘手的案件。」博士一直在沉思之中，他

神色凝重，望着尼克警官，「只有這些物證，加上對森林的初步搜索，似乎找不到什麼有價值的線索。」

「是嗎？」尼克的語氣更沉重了，他本來對博士三人抱很大的希望，甚至有過博士一出手，案件就破了的想法，「這宗案件……真是搞不懂，到底是人類作案還是魔怪作案呢？」

「你不要着急。」博士勸慰道，「請放心，我們不會輕易放棄的，這關係到兩個人的生命。這樣，我們先回去，我再整理一下思路，我想對森林再來一次搜索，今天只是從北走到南，東西兩面還沒有去過呢。」

「那辛苦你們了。」尼克感激地説，「謝謝。」

博士三人離開了警察局，尼克派一輛警車把他們送回了伍勒森林旁的駐地。

第五章　森林邊的玩耍

回到森林旁的那所房子裏，已經是下午了，大家都有些疲憊，進入房子後，就都靠在沙發上休息。過了幾分鐘，一名警員上來招呼大家吃飯，他們確實也都餓了，於是都跟着那警員下了樓。

飯菜很豐盛，本傑明大口地吃了起來。

「你們都吃過了嗎？」海倫問那名把他們叫下來的警員。

「我們都吃了。」

「只有你們兩個呀？」博士問道，「那幾個人呢？」

「去巡邏了。」那警員回答道，「擔心會有遊客闖進森林，我們要經常巡邏。」

吃完飯，博士他們回到了房間裏。一進房間，博士就徵詢小助手們的看法。

「本來我已經懷疑是魔怪作案了，可是上午去森林搜過，又去看物證，我覺得魔怪作案的可能性不大。」本傑

明説出了自己的看法。

「我……我還説不準。」海倫説，「要是人類作案，手法太高明了，要是魔怪作案，沒有一點線索……」

「也許可以從其他方面想一想呢。」保羅走到博士面前，「也許他倆……被外星人抓走了……」

「就像你看的電視劇那樣？」海倫説，「保羅，我看你是電視劇看多了。」

「保羅，看來在你的推理思維方面，還有很大的改進空間。」博士苦笑起來，他伸了伸腰，「大家都去休息一下吧，我看你們也都很累了，記住，只有保持清醒的頭腦，才能進行縝密的分析。」

「否則就會像保羅這樣，連外星人都出來了。」海倫笑着説道。

「我這也是一種分析呀。」保羅很不服氣地晃了晃腦袋。

大家各自回到自己的房間開始休息，保羅沒有休息，他剛剛喝了很多潤滑油，很精神。他下了樓，樓下的大廳裏沒有一個人，保羅推開門，跑了出去。

保羅來到門前的院子裏，四下張望着，想着玩些什

麼，他真希望這裏有隻小貓小狗什麼的，這樣就不會覺得沒意思了。

「嗨，我説——」一樓靠門的房間的窗戶被推開了，一個警員探出頭來，他知道保羅會説話，「小……狗，不要亂跑，更不要去森林裏。」

「我叫保羅。」保羅不滿意地扭了扭脖子，「你放心，我不會亂跑的，就是遇到什麼魔怪，我也不怕！」

説完，保羅一下就打開了後背的蓋板，讓導彈發射器彈了出來，發射器上的追妖導彈雖然不大，但是顯得非常有威力，保羅得意地看着那個警員。

「噢，真是不一般的小狗。」那個警員吐了吐舌頭，他也知道魔幻偵探所的成員個個都有不凡的魔力，但是這還是第一次看到一隻機械狗展示自己的武器，「那你不要跑遠了，好好玩吧。」

説完，那個警員關上了窗戶。

「哼。」保羅收起了追妖導彈，自言自語道，「要是有魔怪，你還要我保護呢。」

保羅在門口跑來跑去的，一隻蝴蝶飛了過來，他頓時高興起來，連忙追過去，想抓蝴蝶。蝴蝶向院子外飛去，

保羅也跟了出去，他一蹦一跳的，好幾次都差點撲到那隻蝴蝶。快追到院門前的公路時，蝴蝶一下飛得很高，保羅仰着脖子，看着蝴蝶飛遠了。

沒有抓到蝴蝶，保羅無精打采地回到了院子裏，趴在草坪上，瞇起了眼睛，他覺得很無聊。

「嗨，保羅。」一把聲音傳了過來，説話的是本傑明，「就知道你在這裏。」

「嗨，本傑明。」保羅看到本傑明，很高興，總算是來了一個玩伴，「你不睡了？」

「睡了一會，可是睡不着。」本傑明説，「出來看看。」

「博士和海倫呢？」保羅問。

「都在睡覺，我從博士的房前走過的時候，還聽到他打呼嚕呢。」本傑明笑着説。

「那就讓他們睡吧。」保羅説着向院子外走了幾步，「這個地方也沒什麼好玩的，連隻貓都沒有。」

「貓和主人都去鎮上了嘛！」本傑明説着走到院子外的公路前，向四下張望着，「好像是沒什麼地方可以去了，不過無所謂，我看我們在這裏也呆不了幾天，明天看

看那樹林，沒什麼發現就回去了。」

「你這樣認為嗎？」保羅問。

「你不這樣看嗎？」本傑明反問道，「很明顯呀，這次不是魔怪作案⋯⋯當然，也不是外星人幹的。」

本傑明説着嬉笑起來。

「嗨，這是我的一種推斷⋯⋯」

「我想也許是一隻流浪的猛獸幹的。」本傑明拍拍保羅的腦袋，「我剛剛想到的，一會要告訴博士。」

「這倒是有可能。」保羅附和道。

他倆一邊説，一邊轉身往回走去，不過本傑明沒有回房間，他繞過了房子，來到房子後面，房子後的柵欄很矮，眼前，就是伍勒森林了。

「走，過去看看。」本傑明想都沒有多想，徑直向森林走去。

「喂，剛才那警員説不讓我們去那裏。」保羅跟上本傑明，制止道。

「那是不讓普通人去，我們怕什麼？」本傑明滿不在乎地説，「保羅，你不會是害怕了吧？」

「害怕？」保羅立刻叫道，「我還不知道什麼叫害怕

呢，我沒裝這個程序！走就走！」

　　本傑明推開了院子後面的一扇小門，走了出去，保羅緊緊地跟着他。

　　此時已經臨近下午四點了，陰暗的天空一直未見太陽，伍勒森林黑壓壓地橫在本傑明他們的面前，不過他們不覺得那裏有什麼危險。他倆很快就走到了森林的邊上。

　　「哇——哇——」本傑明突然轉身，張牙舞爪地嚇唬保羅，「我是魔怪，來抓你了。」

　　「哈哈哈……」保羅假裝逃跑，本傑明向他撲去。

　　他倆追逐着，保羅躲到一棵樹後，本傑明跟了過去，也跑到了樹後。他倆繞着樹追逐着，嬉鬧着。

第六章　博士的發現

南森博士睡了一會，感覺精神好多了。他起來後喝了一杯水，聽到房門外有動靜，打開門，發現海倫在外面走動。

「博士，你也醒了？睡得好不好？」海倫看到博士，關切地問。

「很好。」博士笑了笑，「本傑明呢？」

「可能還在睡覺呢。」海倫向本傑明的房間張望了一下，本傑明的房門關着。

「那就讓他睡吧。」博士說着走回自己的房間裏，他來到了對着森林的陽台上。

大氣一直陰沉，上午的時候，風很小，此時風颳得有些大了，伍勒森林的樹葉搖擺着，好像一羣人在跳舞一樣。

「沙——沙——沙——」樹葉摩擦的聲音極為清晰地傳了過來。

　　聽到這聲音，博士突然一愣，他的神色一下變得極為嚴肅，手臂也僵直不動了。

　　眼前的大樹，在風的吹動下，搖擺着，它們的舞步好像加快了。

　　「海倫——」博士突然叫道，聲音似乎有些顫抖。

　　海倫連忙跑了過來，詢問博士什麼事情。

　　「今天上午那個老人，說聽到樹林裏傳出『沙、沙』的聲音，對吧？」博士急促地問，「就像現在這種聲音。」

　　「是的。」海倫說道，她也清楚地聽到了樹林裏傳來的「沙、沙」聲。

　　「那天沒有風，樹林裏也會有『沙、沙』聲出現……」博士像是對海倫說，也像是自言自語。

　　「啊？」海倫詫異地看着博士。

　　「海倫，那台手提電話，是被樹枝打斷的，要是人類作案，撿起手提電話關機就可以了，為什麼要用樹枝打斷手提電話呢？萬一打不壞呢？」博士又像是在自言自語。

　　「博士，你在說什麼？」海倫瞪大了眼睛，盯着博士，她知道博士發現了什麼。

如果是人類作案的話，為什麼要用樹枝打斷手提電話呢？

「是殺人樹！」博士突然大喊起來，「海倫，我知道了，是殺人樹幹的！」

「殺人樹？」海倫張大了嘴巴，她猛地想起了什麼，「好像在學校裏學過……」

「其實就是樹妖，也叫殺人樹。」博士解釋道，「是一些樹木吸收了魔藥成分後，修煉成了會移動的樹妖，樹妖是會食人的，也吞吃動物，非常兇殘。」

「噢，我想起來了，是有這樣的魔怪，可你是怎麼推斷的……」海倫急着問。

「你看，無風的情況下樹林裏傳來『沙、沙』的聲

音，那是殺人樹在行走，和其他樹木發生摩擦而產生的響聲，那個老人也沒有記錯，震動確實有，那是殺人樹走動的腳步。」博士指着森林裏那些舞動着的樹枝，激動地說，「殺人樹抓住了那個打電話報警的人，它根本就不會關機，聽到手提電話裏發出詢問的聲音，便用身上的枝條一下就砸壞了手提電話！」

「啊？是這樣嗎？」海倫將信將疑。

「很簡單，讓保羅檢測一下手提電話上那些碎屑就可以了。」博士說着向外走去，「殺人樹砸壞手提電話，它的枝條留了一些碎屑在手提電話斷裂處，取下來檢測一下就知道了，殺人樹的身體成分跟普通的樹不一樣，警方的設備是檢測不出魔怪痕跡的，但保羅可以。」

博士飛快地走到了門外，大喊着保羅，他要帶上保羅馬上去警局。不過喊了兩聲，不見保羅答應。

「是不是在本傑明的房間裏？」海倫走過去推開了本傑明的房門。

本傑明的房間裏空無一人。

「啊？本傑明不在。」海倫驚叫起來。

博士的臉色一下變得很難看，他預感到有什麼事發生

了。他快步走下樓，剛下去，只見一名警員從房間裏走了出來。

「南森博士，你在找小狗？」那警員一見南森，馬上問。

「是的。」

「剛才在門前玩，後來我看見他和本傑明到房子後面去了。」那警員説道。

博士馬上向房子後跑去，跟着他下樓的海倫已經掏出了手提電話，撥通了本傑明的電話號碼。

博士來到了房子後面，眼前只見那座森林，但是看不到本傑明和保羅。

「本傑明——保羅——」博士大喊着。

「聽電話呀，聽電話呀。」海倫已經接通了本傑明的手提電話，但是本傑明一直沒有接聽，海倫急得直跳腳。

那名警員察覺出有事情發生，跟在他們後面。博士推開房子後面的院門，來到房子和森林之間的草地上，和那名警員一起大聲叫着本傑明和保羅的名字。

「等一下！」博士突然擺擺手。

大家全都不説話了，這時，一陣手提電話鈴聲隱隱地

傳來。

　「啊，那是本傑明的手提電話。」海倫說着就向聲音傳來的方向跑去。本傑明的手提電話鈴聲她再熟悉不過了。

　博士和警員也跟着跑去，本傑明手提電話的鈴聲越來越大了。海倫第一個衝到森林邊，她老遠就看到了一棵大樹下本傑明的手提電話。

　海倫撿起手提電話，上面顯示的來電號碼正是自己的。她知道本傑明和保羅可能出了意外，博士關於殺人樹的判斷在她的腦海裏揮之不去。

　正在這時，遠處跑來四名持槍巡邏的警員，他們執行完巡邏任務後返回駐地，看到博士等人急匆匆地跑向森林邊，也跟着跑了過來。

　「你們看到本傑明和保羅了嗎？」博士也看到那幾名警員，連忙停下腳步，問道。

　「沒有呀。」警員們都搖了搖頭。

　「博士，」海倫的聲音帶着哭腔，她的眼淚都要流出來了，她把手提電話遞給博士，「這是本傑明的手提電話。」

　　博士接過手提電話，他望着黑漆漆的森林深處，咬了咬牙齒。

　　「殺人樹！」博士一字一句地說。

　　「啊？那我們怎麼辦呀？」海倫再也控制不住了，眼淚猛地流了下來。

　　「不要怕，我們進去找！」博士說着就向森林裏走，「一定要找到他們！」

　　海倫跟着博士進了森林，南森剛跑兩步，突然停下腳步，他轉過身子，對那幾名警員用力地揮揮手。

　　「你們不要跟來，馬上通知尼克，這座林子裏有個樹妖，你們包圍森林，看到會移動的大樹就開槍！」

　　「移動的大樹？」幾名警員都張大了嘴巴，還想追問什麼，博士已經衝進了森林。一名警員飛快地掏出了手提電話，撥了號碼，「報告，尼克警官，有突發事件……」

　　博士和海倫一起衝進森林，他們沒有方向，不知道本傑明和保羅在森林的哪個地方，但是他們能感覺到，本傑明和保羅的失蹤，一定和殺人樹有關！一定就在這座森林裏！

　　「本傑明——保羅——」博士帶着海倫，一邊向森林

深處衝，一邊大喊着他們的名字。

　　「本傑明──保羅──」海倫也大聲呼喊着，她很後悔，以前總是和本傑明吵架，她真怕本傑明和保羅出什麼意外。

　　他們向裏面跑了幾分鐘，沒有發現本傑明，也沒聽到本傑明他們的回應，兩人都急死了，正在這時，森林深處傳出一聲沉悶的爆炸聲。

　　兩人全都定住了，一動不動。

　　「轟──」，又一聲爆炸聲傳來，聲音比剛才那聲要清晰一些。

　　「是保羅的追妖導彈！」博士激動起來，保羅追妖導彈的爆炸聲他非常熟悉。

　　「在那邊──」海倫指着聲音傳來的方向，叫道，那個方向在他們的側面。

　　兩人不約而同地向聲音傳來的方向衝去。

第七章　森林裏的搏鬥

本傑明和保羅在森林邊的那棵樹下追逐着,很開心,本傑明裝成魔怪的樣子,去抓保羅,保羅一邊跑一邊逗本傑明。

「抓不到,你就是抓不到。」

「你跑不掉的!」本傑明説着向前一撲。

「啪」的一聲,本傑明的腦袋被什麼東西狠狠地敲了一下,毫無防備的本傑明一下就暈了過去。

「你抓不住⋯⋯」保羅跑了幾步,發覺本傑明沒有跟上來,回頭一看,本傑明趴在地上,保羅愣住了,他連忙跑過去,「本傑明?」

突然,天空中伸過來好幾根樹枝,把本傑明纏住,舉了起來。

「啊?!」保羅驚叫起來。

還沒等保羅做出什麼反應,幾根枝條伸下來,把保羅也死死地纏住。保羅掙扎着,想擺脱纏繞,但是又有幾根

枝條伸過來，把保羅纏得更死了。

　　「救……」保羅發出呼救聲，不過剛發出聲音，嘴巴就被纏住，張都張不開了。

　　本傑明頭朝下，已經被高高舉起，他被舉到半空中的時候，手提電話從上衣口袋裏滑落出來，掉在地上。

　　打暈本傑明、抓住保羅的是一棵高大的、枝繁葉茂的橡樹，它就是博士説的殺人樹。

　　抓到本傑明和保羅後，殺人樹一抬身子，樹根從地下拔了出來，它那粗壯的樹根分成兩股，如同人的雙腳，快速地向森林深處走去。

　　移動的殺人樹，它身上的樹葉和其他大樹的樹葉相互摩擦，發出「沙沙」的聲響，地面也被它踩得一震一震的。殺人樹急於向森林深處奔逃，茂盛的身體劃過身邊的樹冠，樹葉紛紛落下，它那強壯的樹幹撞在其他樹上，小一點的樹都差點被它撞斷。

　　殺人樹很快就來到了森林的中心地帶，那裏有一塊空地，樹木沒有那麼茂盛。它把樹根插進土裏，身體隨即矗立在那裏。它大口地喘着氣，一些淡綠色的氣團從嘴巴一樣的樹洞裏噴出。

　　本傑明這時有些意識了，他不知道發生了什麼事，但他明白，自己遇到危險了，他的後腦還在隱隱作痛。

　　殺人樹那包裹着本傑明的枝條慢慢降下，隨後，枝條完全鬆開，本傑明被扔在鋪滿落葉的地上，他疼得哼了一聲。

　　保羅也被扔在地上，他的身體幾乎被擠成了一團。他躺在那兒一動不動的，不過他身體的系統沒有受損，只是在恢復之中。

　　「哎喲……」本傑明動了動身子，呻吟了一聲。

　　「噢？」殺人樹突然叫了一聲，它看到本傑明還活着，似乎有些吃驚，不過它隨即明白了什麼，「小魔法師，果然抗擊力強，很好，我喜歡吃活的……」

　　殺人樹的聲音嗡聲嗡氣的，那聲音似乎有一種破壞力，空氣都被震動得顫抖起來。

　　保羅的身子動了動，他被擠壓導致的「死機」狀態已經恢復到正常狀態，保羅慢慢地站了起來。

　　「哈哈，又一個活的。」殺人樹的樹身晃動着，看上去很興奮，「我看看，先吃哪個。」

　　本傑明面對一棵會說話的大樹，基本明白發生了什

麼事，他也知道了殺人樹的身分。他以前在學校裏學過，知道有一種叫殺人樹的魔怪，會說話會走路，而且非常厲害，看來兩宗失蹤案一定和殺人樹有關，而這棵兇殘的殺人樹此刻正要吞食自己。

殺人樹身上的枝條已經伸下來，那貪婪的樹枝先伸向本傑明。殺人樹首選的是本傑明，它很激動，也許是因為已經餓了好幾天了，那些伸過來的枝條都在激動地顫抖。

「慢着！」本傑明坐在地上，用力地做了一個停止的動作，他仰望着殺人樹的「臉」，那張臉距離地面有六、七米高，「你不要吃我們，我告訴你，我不是真的人，他也不是真的狗！」

說着，本傑明指了指保羅。其實本傑明的目的就是拖延時間，他已經摸過口袋了，手提電話不在，不能及時通知博士和海倫，但他知道，博士和海倫發現自己和保羅不見了，一定在尋找他們，只有拖延時間，才能找到應對的策略，也能等博士來相救。

聽到本傑明的話，殺人樹一下愣住了，它伸過去的樹枝停在半空中。

「你說什麼？」殺人樹問。

「我説我們是機械做的，機械你知道嗎？」本傑明又指指保羅，「不信你看，我們身體裏是機械，沒有肉的。」

「就是，我們不能吃的。」保羅很配合，他一下就打開了後背的蓋板，露出一些電線，「你看，我……啊，我們兩個都是機械做的，不好吃……啊，不對，是根本不能吃。」

殺人樹這下真的愣住了，它沒想到會遇到這樣的情況。保羅的蓋板打開，它看到的確實不是肉，而是電線和電路板。殺人樹的身體開始微微地發顫，隨後，顫動的幅度越來越大，整個樹冠都跟着顫動起來。

「你們……你們這兩個騙子！」殺人樹氣壞了，「你們……你們……我要砸爛你們！」

説着，殺人樹就舉起了兩根枝條，兩根樹枝高高揚起，帶着「呼呼」的風聲砸下來，一根砸向本傑明，一根砸向保羅。殺人樹已經發怒了，它極為失望，它要砸爛眼前這兩個不能吃的「騙子」。

「保羅閃開——」本傑明提醒着保羅，自己隨後就地一滾。

　　保羅也閃到一邊，他倆剛躲開，兩根樹枝便狠狠地砸下來，「啪、啪」的連在一起的兩聲巨響過後，他倆剛才所在的地方被砸得樹葉亂飛，泥土都飛濺起來。

　　「啊——」看到本傑明他們躲過了攻擊，殺人樹氣急敗壞，幾十根枝條一齊舉起，瘋狂地舞動着，眼看就要打下來。

　　「保羅，發射導彈——」本傑明大聲喊道，現在，只能和殺人樹拼命了。

　　其實不用本傑明提醒，保羅的後背上已經彈出了發射器，本傑明話音剛落，只見一枚導彈「嗖」的一聲已經發射出去。

　　追妖導彈的目標是殺人樹的面部，殺人樹舞動着枝條正要砸向本傑明和保羅，忽然看見有東西向自己射來，它慌忙一閃。

　　「轟——」的一聲巨響，追妖導彈由下向上擦着殺人樹的「面部」飛了過去，正好擊中一根舞動着的粗粗的枝條，導彈當即爆炸，那根枝條一下就被炸斷了，斷枝和樹葉紛紛落下。

　　「啊——」殺人樹疼得大叫起來，它差點被爆炸聲震

暈過去。

　　「嗖——」的一聲，又一枚導彈射了出去，保羅剛剛射出這枚導彈，本傑明手一揮，也向殺人樹射出了一枚凝固氣流彈，他倆攻擊的目標都是殺人樹的面部，殺人樹慌忙揮舞着幾十根枝條擋在自己面前，「轟——轟——」一前一後，兩次爆炸聲響起，它的幾根枝條被炸斷，但是「面部」沒有中彈。

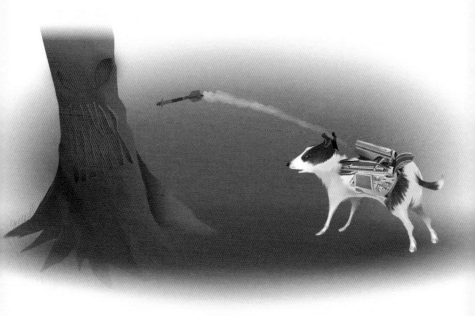

　　殺人樹又慘叫起來，那聲音震得整個森林都在搖晃，趁它慌亂之際，本傑明對保羅大喊一聲「快跑」，他倆便一起向森林外跑去。

　　枝條被炸斷，對殺人樹的打擊不是致命的，它看到本傑明和保羅跑了，一下就把樹根從土裏拔出來，隨即追過去。

　　「你們給我站住──」殺人樹一邊追一邊喊道，它的「腳」踩在地上，大地都在震動。一棵大樹擋在殺人樹的前面，它用樹根一腳踢上去，那棵大樹發出一聲沉悶的折斷聲，當場就倒了，殺人樹踏着折斷的大樹追了上去，它一定要抓到本傑明和保羅。

　　本傑明和保羅飛快地跑着，但是殺人樹的步子要比他們大得多，殺人樹居高臨下，眼睛一直盯着他倆，很快就追上他們。距離他們還有十幾米遠的時候，殺人樹又舉起了那些長長的枝條。

　　「呼──」那些枝條帶着風聲拍向本傑明和保羅，本傑明和保羅都聽到了聲音，他倆使勁往前一竄。

　　「啪──」的一聲巨響，幾百根枝條砸在地上，地上枝條飛舞，樹葉四散。保羅躲過了這次攻擊，本傑明也竄

了出去，但是一根枝條掃到了他的腿，本傑明當即倒在地上。

「啊——」殺人樹舞動着枝條撲上來，想把本傑明砸得粉碎。

「保羅快跑——」本傑明閉上眼睛，大喊道。

「嗖——嗖——」保羅的兩枚導彈接連射向殺人樹，殺人樹慌忙往後退了一步，它揮舞着那些枝條，擋在自己的「面前」，那些枝條形成了一個密集的網。「轟——轟——」的兩聲爆炸之後，殺人樹只是被炸斷了一些枝條。

「本傑明——快跑——」保羅大喊道。

本傑明發現自己沒被砸中，慌忙爬起來逃跑。

「我、我沒有導彈了。」保羅一邊跑，一邊對本傑明説。

「那就跑吧——」本傑明對保羅説道，説完，他繞過一棵樹，拚命向森林外跑去。

殺人樹哪裏肯放過他們，它怒吼着再次撲上來。牠的一步相當於本傑明的十幾步，很快，殺人樹再次追了上來。

本傑明和保羅拼命奔逃，他們現在只想快點跑出森林。

「呼——」的一聲，這次的聲音並不是來自腦後，本傑明剛想回頭看個究竟，突然，他覺得腳下被什麼東西用力地掃了一下，整個人一下就飛到半空中。在他身邊，保羅也飛到空中。

原來，殺人樹追上來後，沒有再揮舞枝條砸下去，它看到本傑明和保羅跑到了一個較開闊的平地，便用那些枝條橫着掃過去，一下就掃中了他倆。由於殺人樹的力氣極大，本傑明和保羅全都飛了起來，隨後重重落下。

「哎喲——」本傑明摔在地上，呲牙咧嘴地叫了起來，「疼死了——」

保羅掉在地上，就地一滾，站了起來。

「快跑——」保羅用爪子拉了拉本傑明，但是他怎能拉動本傑明呢？

「轟——轟——」的兩聲，殺人樹走到了他倆面前，雙腳站定，怒氣沖沖地俯視着他們。

「我要殺了你們——」殺人樹大喊一聲。

「凝固氣流彈——凝固氣流彈——」本傑明倒在地上，有氣無力地向殺人樹射出四枚凝固氣流彈。

殺人樹這次早有準備，它舞動着渾身的枝條，組成一張保護網。

兩枚氣流彈被彈開後爆炸，兩枚擊中了殺人樹的枝條後爆炸，幾根斷枝和一些樹葉掉落下來，但是殺人樹像是沒有發生什麼事一樣。

「還有什麼招數？使出來呀！」殺人樹吼叫道。

「完了……它不怕……」本傑明差點癱倒在地上，「保羅，你先跑吧，讓它殺了我……」

「不！」保羅打斷了本傑明，「讓它來吧，我要和你在一起！」

殺人樹的樹身一抖，舉起了無數枝條，由上向下狠狠地砸下來，它要痛下殺手了。

「無影鋼鐵牆！」本傑明一揮手，使出了最後一招，他不甘心坐以待斃。

一道無影無形的鋼鐵牆矗立在本傑明和保羅面前，那些樹枝狠狠地砸下來後，一下就砸在鋼鐵牆上。

「咔——」的一聲，本傑明知道，鋼鐵牆碎了，他沒有什麼力氣，使用的法術也大打折扣。

殺人樹的樹枝被彈開，不過它可不會放棄，它又怒吼一聲，從土裏拔出了一條樹根，狠狠地踩向本傑明和保羅。

本傑明和保羅都閉上眼睛，他倆感到絕望了。

第八章　撤出恐怖森林

「咣——咣——」兩聲巨響，兩顆發着紅光的光球擊中了殺人樹的樹根，隨即爆炸。殺人樹差點被氣浪掀翻，它的眼睛也被爆炸時強烈的閃光刺痛了，它連忙收起樹根，往後退了兩步。

「本傑明——保羅——」

海倫清脆的聲音傳來，本傑明和保羅一起睜開了眼睛，只見兩個影子一閃，南森博士和海倫已站在本傑明和保羅的面前，他倆背對本傑明，面對殺人樹，一起做好了攻擊準備。

博士和海倫聽到爆炸聲後，就向這邊趕來。森林深處的爆炸聲越來越近，他們鎖定了方向，趕到時正好看到殺人樹抬起腳要踩踏本傑明和保羅，兩人各射出一枚閃光球，救下了本傑明和海倫。

「海倫，謝謝。」本傑明獲救，非常激動。

「我剛才其實想說的，我們獲救的機會是100%，還

沒來得及説呢。」保羅飛快地説道。

「我相信你。」本傑明笑着對保羅説。

「本傑明，你們沒事吧？」海倫一面怒視着殺人樹，一邊大聲問。

「我這個樣子像沒事嗎？」本傑明説着顫巍巍地爬了起來，他渾身痠疼，沒有一點力氣，「我、我能挺得住，你們宰了那個傢伙，它可不好對付⋯⋯」

殺人樹突然遭到援軍的襲擊，一時沒有反應過來，尤其是那兩道閃光，讓它這個長年生活在陰暗森林的傢伙很不適應，它又退了兩步，隨後站定，兩眼怒視着博士和海倫。

「樹妖！」博士向前走了一步，「那兩個失蹤的人在哪裏？你説！」

「在哪裏？」殺人樹説着笑了起來，「你想知道嗎？」

博士瞪着他，沒有説話。

「你來這裏問問他們呀。」殺人樹説着指了指自己嘴巴下的樹幹，那裏是它的「肚子」。

「你？!」海倫氣壞了，她知道那兩個人已經遇害了。

「魔法師！你們今天死定了——」殺人樹突然舞動起全身的樹枝，那些樹枝「嘩嘩」地響着，就要砸下來了。

「博士小心，海倫小心。」本傑明扶着一棵小樹，和保羅一起喊道。

「呼——」上百條樹枝帶着風聲砸了下來。博士和海倫連忙唸句口訣，一道無影鋼鐵牆的合體矗立在他們面前。

「噹——」的一聲巨響，砸在鋼鐵牆上的樹枝被彈開，但是鋼鐵牆也發出了「咔、咔」的聲音，好像是要斷裂一樣。

「本傑明，保羅，你們先走——」博士大喊一聲，跳到殺人樹的側面，他知道遇到對手了，「海倫，我們攻擊它——」

海倫跳到殺人樹的另一邊，和博士從兩個方向發起了攻擊。只見兩枚凝固氣流彈筆直地射向殺人樹的樹幹，博士和海倫都想炸斷它。

殺人樹把枝條全部舞動起來，那些枝條呼呼作響，防護網再次形成，博士的氣流彈一下就被彈開，飛到空中爆炸，海倫的氣流彈也被一根小的樹枝擋住，爆炸後炸斷了

那根小樹枝，但是殺人樹的關鍵部位還是沒有被擊中。

博士和海倫一驚，他們不甘心，隨即又各自射出一枚閃光球，但是這次兩枚閃光球都被有了防備的殺人樹擋開，全部飛到半空中爆炸了。

「你們就會這些？！」殺人樹擋開了閃光球，很得意，用嘲弄的口吻問道。

「千噸鐵臂——」博士唸了一句口訣，手臂一下變長，變長的鐵臂橫着向殺人樹掄了過去。

殺人樹看到博士來襲，伸出上百根枝條去擋鐵臂，「咔」的一聲，一些枝條被砸斷，但是另外的枝條全都纏住了博士的手臂，博士用力一拉，沒有拉開。

「閃電手——」海倫趁機向殺人樹使出一招，一道閃電在半空中突然形成，劈向殺人樹。

殺人樹身上無數的枝條去纏繞博士的手臂，看到閃電劈來，幾十根枝條連忙迎擊，閃電劈斷了幾根枝條，但是沒有傷及殺人樹的樹身。

博士變長的右手被殺人樹死死纏住，殺人樹用力一拉，博士一下就騰空而起。

「博士——」海倫急得大喊。

「閃電手——」本傑明也急，他沒有走，而是靠着一棵大樹旁，他甩出的閃電手也是有氣無力的，沒等殺人樹防護，那閃電便變成了一股白煙消失了。

博士被拉到了半空中，這時，另外有幾十根枝條飛快地伸向博士的身體，想把他抓住。

「細如髮——」博士唸了一句口訣，只見他的右手手臂頓時變細，轉瞬間就變得如同頭髮絲一般的細，博士一用力，手臂一下就從枝條的縫隙中飛快地抽了出來。

博士從半空中落地，就地一滾，穩穩地站了起來。

「恢復如常——」博士又唸了一句口訣，手臂立即就恢復原來的樣子。

殺人樹看到博士成功脫身，吃了一驚。它知道遇到了對手，眼看就要抓到博士了，但沒有成功，它有些氣急敗壞。

「我要砸死你們！」

殺人樹大吼一聲，把樹根從土裏拔出，舞動着枝條撲上來，那些狂舞的枝條高高地舉起，博士見狀，連忙招呼大家後退躲避。

大家慌忙後撤，「啪——啪——啪——」殺人樹的枝

條狠狠地砸下來，大家及時閃開，但是那些大小樹木可遭了殃，它們被殺人樹砸得枝斷葉飛，被砸到的地方一片狼藉。

博士和海倫把本傑明、保羅拉到一棵非常粗壯的樹後躲避，見殺人樹瘋狂地揮舞着枝條亂砸，博士看準機會，一揮手，一枚閃光球飛向了殺人樹。

殺人樹正在瘋狂拍擊，突然看見一道白光，急忙閃身，閃光球擦着它的腦袋，擊中了它「右眼」上一根主要的樹杈。

「轟——」的一聲，樹杈當即被炸斷。

「啊——」殺人樹哀嚎一聲，不再亂揮舞那些枝條了，博士看它受了傷，和海倫一起跳出來，想聯手發起攻擊。

「給我長——」突然，殺人樹大吼一聲，只見斷裂的樹杈在幾秒鐘內就生出一根新的樹杈，殺人樹快速修復了機體。

博士和海倫都看呆了，殺人樹的枝條看來根本就不怕被打斷，打斷多少生成多少，就在他倆發愣的時候，殺人樹揮舞着枝條再次撲上來。

「閃光球——」博士説着，連續射出幾枚閃光球。

趁殺人樹阻擋閃光球的時候，博士拉起本傑明就跑，海倫射出幾枚氣流彈，也和保羅一起撤退。

殺人樹擋開了攻擊，再次撲上來，博士他們一邊發射氣流彈和閃光球，一邊撤退，他們非常被動，而殺人樹則越戰越勇。

「噠噠噠……」一陣直升機發動機轟鳴的聲音傳來，隨後，兩架直升機從遠處飛來。這是兩架警用直升機，直升機上的警員看到了博士他們，也看到了殺人樹，他們接

到尼克警官的指示，説博士發現森林裏有能移動的樹妖，於是立即起飛，剛接近森林就聽到裏面傳來的爆炸聲，趕過來正好看見殺人樹正在追趕博士他們。

「啪——啪——啪——」兩架直升機上的警員同時向殺人樹猛烈開火。

殺人樹的身體被幾顆子彈擊中，但是這根本沒有對它造成什麼大的威脅，它揮舞着枝條，後面射來的子彈全被它擋開了。

博士他們見狀連忙後撤，忽然，迎面跑來了一隊警員，為首的正是尼克警官。

「南森博士，你們還好吧？」尼克第一個衝過來，他接到報告，就帶着人進了森林，聽到爆炸聲和打鬥聲，他們順着聲音找了過來。

「我們快撤，這個殺人樹不好對付。」博士連忙對尼克説道。

尼克看到了舞動着樹枝擋子彈的殺人樹，此時，兩架直升機盤旋在殺人樹頭頂，不斷地射擊。幾名跟來的警員舉起了槍，向殺人樹連續射擊。

「沒有用的，我們撤——」博士連忙對那些警員説

道。

　　「那我們快走。」尼克急忙對着那些警員揮手示意，
「撤退。」

　　就在這時，驚險而令人無法相信的一幕發生了。被
兩架直升機惹得發瘋的殺人樹突然怒吼一聲，兩腳用力一
蹬，身體跳了起來，足有十米高，它的一根長長的枝條高
高地伸向半空中，一下砸中了一架飛得很低的直升機的尾
部。

「咔——」的一聲，直升機的尾部被砸斷，一頭栽向了森林。「轟——」的一聲，直升機落在地面上，幸好由於機頭被樹枝擋了幾下，沒有直接撞擊地面，落地後也沒有爆炸。

殺人樹的一根枝條還想擊打另一架直升機，但是沒有成功。於是殺人樹落到地上，向那架墜落的直升機跑去，它要徹底砸毀那架直升機。

「去救他們——」尼克連忙喊道，他看出了殺人樹的意思，「猛烈開火——」

話音未落，十幾名警員一起衝上去，向着殺人樹猛烈開火。

殺人樹的後背中了幾槍，它回轉過身來，朝着那些警員衝來。

警員們邊開槍邊撤退，海倫加入了警員的行列，連射幾枚閃光球。這時，另外一架直升機又返轉回來，對着殺人樹居高臨下地射擊，這次直升機不敢低空飛行了。

「我們去救人。」博士拉了拉尼克，說道。

博士和尼克帶着另外幾名警員，繞過幾棵大樹，向直升機墜落的地方跑去。他們很快來到直升機墜落的地方，

這架直升機上一共有兩名警員——一名駕駛員、一名射擊手。射擊手受了輕傷,他已經把重傷的駕駛員拖出駕駛艙。

「你還好吧?」尼克問那個射擊手。

「我還好,他受了重傷。」臉上和手上都是血的射擊手說道。

「背上他,撤。」博士連忙說。

殺人樹此時正向海倫他們逼近,沒有注意博士他們。一名身強體壯的警員背上了直升機駕駛員,兩名警員扶着射擊手,一起向森林外撤離。

「直升機增援——直升機增援——」尼克拿起了對講機,大聲呼叫增援。

看着受傷的警員被救走,博士和尼克悄悄地來到殺人樹的側面。

「凝固氣流彈——」博士唸了一句口訣,連射兩枚氣流彈。

「啪——啪——啪——」尼克和另外一名警員也舉槍向殺人樹射擊。

殺人樹感覺到了側面的攻擊,它舞動着樹枝擋開了進

攻。兩側的同時進攻對它來說沒有什麼威脅，它只是猶豫應該先去攻擊哪一側的對手。

「噠噠噠……」一陣直升機的轟鳴聲，又有五架直升機飛來。

「注意，不要低空飛行，不要低空飛行——」尼克舉起對講機，連忙叮囑道。

飛過來的直升機圍成了一個圈，盤旋在殺人樹的頭上連續開火，殺人樹舞動着樹枝，阻擋着從天而降的子彈。

「我們撤，這裏交給直升機——」尼克警官對着不遠處的警員做了一個撤退的手勢。

大家一起向森林外跑去。本傑明這時已經好一些了，不過還是被海倫架着，向森林外撤退。

對殺人樹來說，直升機確實難纏，它又跳了一次，伸出長長的枝條去拍擊直升機，但距離太遠，根本就碰不到，它滿肚子的怒氣沒處發洩，那些子彈打在它身上，雖然不致命但很刺痛。

直升機圍着殺人樹輪流攻擊，後面趕來的直升機還攜帶了火箭炮，射擊手們向殺人樹連射幾枚火箭炮，但是全被擋開了。

天暗了下來，直升機全都打開了探照燈，燈光鎖定了殺人樹，子彈和火箭炮全部射向它，雖然不起殺傷作用，但是足以讓地面人員安全撤出。

第九章　傳媒也知道了消息

尼克他們飛奔着撤出了森林。森林外，警方派出大量警力包圍了森林，一些防禦工事都被快速建起，裏面的警員荷槍實彈地對着森林。

森林深處，直升機的轟鳴聲和射擊聲還是不斷傳來。尼克警官拿起了對講機，開始和直升機通話，得知攻擊無效，他看了看身邊的博士。

「博士，攻擊不見任何效果，要不要叫直升機撤離？」尼克警官問。

「撤吧，打下去沒什麼意義。」博士説。

「樹妖不會殺出森林吧？」尼克警官問。

「它不敢，脱離了森林的掩護，它就是我們的活靶子了。」

「直升機撤離後再找它可能就難了……」

「它跑不出這個森林的。」博士指了指身旁的伍勒森林。

尼克點點頭，再次拿起對講機，指示直升機撤離。

很快，森林裏的槍聲和轟炸聲就停止了，不一會兒，幾架直升機依次從森林上空掠過大家的頭頂，在不遠處的草地上降落了。

尼克又拿出手提電話，開始詢問對森林的布防情況。目前警方已經把不大的伍勒森林團團包圍，幾架直升機沿着森林周邊巡邏，探射燈的光束射向下方的森林。

「我們已經包圍了森林，它跑不出來的。」尼克結束了通話，對博士説道。

「很好。」博士非常滿意警方的快速部署，他指了指所住房子的方向，「我們一起回去，商量看怎麼對付這棵殺人樹。」

「好的。」尼克説着帶領大家走到一輛汽車旁，「上車吧。」

本傑明已經好了很多，他只是些皮外傷，醫生已經對他的傷勢進行了處理，他已經能夠自己走動了。

保羅一直跟着博士，他沒有受傷，只是四枚追妖導彈全部打完，失去了攻擊能力，他要回去把備用導彈裝上。

很快，大家就回到伍勒森林旁的住處，那邊的景象和

剛才已經不一樣了，面對森林的地方，一處簡易防禦設施已經搭建起來，防禦設施裏有兩名警員，他們架着機槍，槍口對準了森林。

伍勒森林已經安靜下來，風也已經停了。要不是空中直升機的轟鳴聲此起彼伏，這將是一個寂靜的夜晚。

半空中，一輪彎月高掛，在月光的映照下，黑乎乎的森林矗立在那裏，像是什麼也沒有發生過一樣。

一進房門，博士就走到桌子上攤開的地圖前，仔細地看起來。海倫給他端來一杯咖啡，博士喝了兩口，放下杯子，又開始看地圖。

本傑明坐在沙發上休息，今天的經歷可真是驚心動魄，他和保羅差點就沒命了，當然，現在他相信森林裏確實有個魔怪了。

尼克接到一個電話，他講了幾句，隨後掛上了電話。

「受重傷的駕駛員還在搶救，」尼克走到博士身邊，小聲地説，「受輕傷的警員留院觀察兩天就可以出院了。」

「嗯。」博士回頭看看尼克，微微點點頭，他環視了一下大家，「今天我們真是損失慘重呀。」

「多虧你救了我們。」本傑明説道，「當時我都絕望了。」

「我沒有，我知道博士會來救我們的。」保羅搶着説。

「對了，保羅，我想你不會空着手回來吧？」博士望着保羅，認真地問道。

「放心吧，我弄到了它的殘枝。」保羅説着把後背蓋板打開，從裏面掏出來一小段樹枝，「殺人樹出品，仿冒必究。」

「很好。」博士接過那根樹枝，拿在手上看了看。

尼克警官和另外幾名警員都不解地看着他們，海倫笑了笑。

「一旦和魔怪發生類似剛才那種遭遇戰，如果有可能，保羅都會收集魔怪身上的組織，這樣博士就能進行進一步的檢測。有了相關資料，就能有針對性地對付魔怪了。」

「噢，是這樣呀。」尼克警官他們恍然大悟。

「這是殺人樹被閃光球炸飛的枝條，我看得很清楚，不是其他樹木的。」保羅對博士説道。

「好。」博士又點點頭，他轉身看看尼克警官，「尼克警官，如果方便，能不能把第二個失蹤者被打斷的手提電話送來，我估計手提電話是殺人樹用樹枝打斷的，上面留有牠的碎屑，我也要檢測一下。」

「好的，我馬上叫他們送來。」尼克說着拿起電話，打給了警局，「馬上送來，十五分鐘就能送到。」

「謝謝。」博士說道，「我主要想檢測一下，看看那天報警的失蹤者遇到的殺人樹是不是今天我們碰到的這棵……」

「啊？」尼克驚叫道，「還有其他殺人樹嗎？」

「不用害怕。」博士笑着安慰道，「我只是以防萬一，不過從今天的戰鬥看，下午森林裏只有它一棵殺人樹，如果還有其他殺人樹，早就過來幫忙了。」

「啊，這就好，這就好。」尼克說道，「一棵就夠了……」

「也許還有一棵，下午去別的森林旅遊去了。」本傑明狡黠地笑了笑。

「啊？」尼克剛剛放下的心又懸了起來。

「本傑明，你不要老是嚇唬別人。」海倫也笑了，

「説森林裏沒有魔怪的也是你，現在又説有兩個……尼克警官，你不要聽本傑明的，我們學過的，殺人樹在魔怪羣裏極為少見，可以説百年難遇，這次遇到已經算是『中大獎』了，不會一下遇到兩個的。」

「海倫説的對，不用太緊張。」博士也笑着對尼克説。

「知道了。」尼克放心了，他忽然又想起了什麼，「對了，南森博士，你怎麼知道森林裏有殺人樹呢？」

南森把下午看到風吹樹林後產生的推斷告訴了尼克他們，警員們都很佩服。

「我有一個問題，」一旁的一名警員問道，「請問南森博士，殺人樹是怎麼形成的呢？它怎麼會走路呢？」

「這個……」博士沒有馬上回答，他習慣性地推了推眼鏡，「一般説有兩種情況，一是有些邪惡巫師培育的，他們煉製魔藥，澆灌樹木，被澆灌的樹木慢慢出現魔性，但是不能馬上行走，這要一個很長的過程，一般達百年以上，也就是説培育殺人樹的巫師基本不能活着看到自己培育的殺人樹行走，要下一代巫師才能看到，並利用殺人樹作案。另外一種情況，就是一些巫師在某個地方長期煉

製魔藥，湯水和藥的殘渣也長期倒在一個地方，如果那個地方有棵樹，也有被培育成殺人樹的可能……我其實從來沒有遇到過殺人樹，我說的這些都是教科書上的知識，當然，是我們魔法學院的教科書。」

　　那些警員一邊聽，一邊似懂非懂地點頭。

　　又過了幾分鐘，一名警員送來了那個手提電話，博士戴上手套，把手提電話從塑膠袋裏拿出來，他用一把鑷子小心翼翼地從手提電話斷裂處提取了幾片樹木碎屑，隨後把碎屑放進保羅後背已經伸出來的托盤上。

　　「檢測完後，打印一份全面的資料給我。」博士對保

羅說道。

　　保羅把托盤收回到身體，然後開始檢測。三分鐘後，托盤伸了出來，博士把碎屑放進一個塑膠袋封好。這時，一份資料也開始列印了，很快，一張資料紙就從保羅後背伸了出來。

　　博士撕下數據紙，隨後讓保羅再把托盤伸出，他把保羅剛才撿到的殺人樹的斷枝放進了托盤，保羅收起托盤對斷枝進行檢測，很快，斷枝檢測的資料紙也被列印出來。

　　博士仔細地看着兩張數據紙，他先是微微點了點頭，隨後抬頭望着尼克。

　　「尼克警官，你可以放心了。」博士說道，「資料顯示，第二個失蹤者手提電話上的碎屑，和保羅剛才撿到的殺人樹斷枝樹液組織完全一樣，就是說，襲擊第二個失蹤者的，和我們下午遇到的殺人樹是同一棵。以此推斷，第一個失蹤者的失蹤，應該也是同一棵殺人樹幹的。」

　　「好，那我就放心了。」尼克長吁一口氣，另外幾名警員也鬆了口氣。

　　博士說完後開始仔細地研究檢測資料紙。

　　幾分鐘後，博士把資料紙放到桌子上，他環視了一下

眾人，他知道大家都等着他的最終分析結論。

「根據對殺人樹肢體碎片的檢測，我得到這樣的推論——」博士説，「就跟教科書上描述的一樣，殺人樹力大無比，我們遇到的這棵力氣就非常大。另外，殺人樹沒有隱身功能，同時也不會變化術。資料顯示，伍勒森林裏的殺人樹也是這樣，這就能保證它不會隱身，或變化成別的什麼東西從森林裏逃脱。」

「那就是説，它肯定是跑不了啦？」本傑明興奮地問。

「是的。」博士説，不過他的表情可不輕鬆，「但是你們也知道，雖然它跑不了，但是想抓到或者擊斃它是很難的。它長有成百上千根的枝條，揮舞起來完全可以變成一道無法滲透的防護網，我們的致命攻擊根本就不能打到它的要害部位……」

「它的要害部位是不是就是樹幹？」保羅插話説。

「就是那裏，打中它的樹枝是沒有用的，它有急速再生能力，斷裂的枝條能快速再生，細的隨時再生，粗大一些的也只要幾秒鐘就能再生，只有它的樹幹是不能再生的。」

「可惜它能把樹幹保護得很好。」海倫很不甘心地說。

「警方把森林包圍了，大家可能擔心它會突圍。不過，我覺得它也許根本就沒有想過突圍。」博士無奈地聳聳肩，「它根本不怕我們，實際上我們是被它趕出森林的。」

「那怎麼辦呢？難道沒有可以對付它的辦法嗎？」尼克有些焦急地問。

「對付它的辦法……這正是問題的關鍵。」博士似乎在自言自語，「它怕什麼呢？」

「教材上沒有說嗎？」尼克又問。

「沒有。」博士搖了搖頭，「每個案例都不一樣的，總體來說魔怪全都害怕高超的魔法師，但是具體怎麼對付魔怪，要魔法師自己去解決。」

正在這時，桌子上的電話響了起來，一名警員拿起電話，隨後他把電話遞給尼克警官。

「警官，是德蘭副局長的電話。」

尼克連忙接過電話，面色凝重。

一會兒，尼克掛上了電話，再次走到博士身邊。

　　「郡警察局來的電話。」尼克解釋説，「傳媒已經知道了森林大戰的消息，這給警方帶來很大壓力，上司要求我們馬上破案，除掉那棵殺人樹。」

　　「説得容易，」本傑明反感地説，「馬上破案？下午我連命都差點栽進去……」

　　「這些記者真是無孔不入。」海倫在一邊抱怨起來。

　　「又是射擊又是爆炸，記者再聽不到消息，恐怕要失業了。」保羅搖頭晃腦地説。

　　「剛才的大戰響動確實夠大的。」博士説，「尼克警官，你要嚴加防範，千萬不要讓記者進入森林，這些記者為了挖到新聞，沒有不敢幹的事情。」

　　「請你放心，」尼克説，「封鎖線有兩層，一層對內，一層對外，專門防記者的。」

　　「尼克警官很有經驗。」一名警員笑着説，「記者這些年可沒少給我們出難題……」

　　「總之，要防止一切人員進入森林。」尼克用期盼的目光看看博士，「南森博士，你看下一步該怎麼辦？郡警察局在催。確實，一棵殺人樹在森林裏，還那麼囂張，威脅是很大的。」

　　「我會儘快想出辦法的。」博士很理解尼克的心情，「我還要再查一下資料，制訂一個安全有效的方案，一定能除掉殺人樹的。」

　　「那太好了。」尼克高興地說，「我一會就向上司報告。你們先休息吧，本傑明今天受了傷，需要好好休息一下……」

　　「我已經好了。」本傑明打斷了尼克的話，「只要博士下令，我馬上投入戰鬥！」

　　博士當然沒有下達攻擊命令。這是一個相對平靜的夜晚，只有輪番起飛的直升機在天空中觀察着森林裏的情況。博士他們都很累了，尼克警官走後，他們都回到房間休息。

第十章　一場爭吵

第二天一早，博士起得很早，他站到陽台上，望着眼前的森林。天空無風，伍勒森林一動不動地站在那裏，那個姿態，似乎是不屑向博士挑釁。殺人樹就在森林裏，不知道它現在正在幹什麼。

除了外面的森林，博士還看到設立在房子外的那個防禦設施，裏面的兩名警員仍舊荷槍實彈地站在那裏，遠處的公路上，幾輛警車沿着森林邊緣進行機動巡邏。更遠處，直升機的馬達聲沒有停過。

海倫和本傑明也都起來了，大家吃過早餐，全都到了樓下的客廳。博士把地圖和相關資料全都攤放在桌子上，開始了研究。他還不時地讓保羅列印一些資料，海倫和本傑明在一邊幫着他做些輔助工作。

快到十點的時候，尼克匆匆地走了進來。

「南森博士，」尼克一進來就說，「我剛才沿着森林巡視了一遍，沒發現什麼情況。昨晚直升機一直在巡邏，

沒有發現有移動的大樹試圖突圍。」

　　「還是那句話，我認為它根本就不怕我們，覺得自己不用突圍。」博士放下手裏的資料，説道。

　　「有一個問題，」尼克接過海倫遞過來的水，「現在我們失去目標了，不知道殺人樹在森林裏的哪個地方，不過你們有儀器，叫……啊，叫幽靈雷達，對吧？」

　　「是的。」海倫點點頭。

　　「能不能幫警方先確定一下殺人樹的位置，不用進入森林，我們可以乘直升機從上面探測。」尼克説道，「現在直升機看下去全都是樹，分不清哪棵是殺人樹。」

　　「可能性不大。」博士不無遺憾地搖了搖頭，説着他把一份資料遞給尼克，「這份資料是我剛剛在保羅身上的資料庫裏查到的。五十多年前，美國的魔法師在明尼蘇達州的一處森林裏解決了一棵殺人樹，這個案例對我們有幫助的，你看這裏……」

　　説着，博士把資料上的一段指給尼克看。

　　「他們當時就用一種類似幽靈雷達的搜索設備探測森林，但是沒有任何效果，事後他們才知道，殺人樹和很多魔力高強的魔怪一樣，能夠感覺到有設備在探測自己，

更為關鍵的是，它們有一種天然的反探測功能，它們的樹幹露出眼、鼻、嘴的時候，和人類一樣，是用鼻、嘴呼吸的，此時是能用幽靈雷達探測到的，但殺人樹一旦發覺自己被探測，就會恢復成樹的樣子，利用光合作用完成『呼吸』，這時幽靈雷達是無法探測到它的。」

「真是厲害。」尼克驚訝地說。

「我估計上次我們進入森林，它可能就知道我們在探測它呢。」博士繼續說。

「有可能。」尼克簡單看了看那資料，「對了，明尼蘇達的殺人樹是怎麼被解決的？」

「那棵殺人樹一直躲在森林裏，魔法師找不到它的蹤影，過了一個月，它襲擊森林外一輛路過的汽車，想吃裏面的人，結果引來了魔法師，十個魔法師圍着它進行車輪大戰，在它疲憊不堪的情況下制服了它。」

「我們也引誘它。」本傑明眉毛一揚，「警方撤走，我們裝成路人，把他引出來。」

「不行，這次的動作太大了，警方突然撤走，牠會起疑心的，萬一躲在樹林裏就是不出來，我們還是沒辦法。」博士否定了本傑明的提議。

　　「對。」尼克跟着説，「時間也等不起，它要是一個月不出來，我們難道還一直等着它嗎？現在上司催得急呀，要我們馬上破案……」

　　「又催你了嗎？」博士關切地問。

　　「是呀，德蘭副局長早上又打過電話了，他還建議我們用火攻，哪怕燒掉整個森林。」

　　「啊？」海倫和本傑明一起瞪大眼睛，「這樣好的森林，這可是國家森林公園呀，我看怎麼也有上萬棵大樹，這對環境破壞也太大了……」

　　「是啊，可是德蘭副局長嚴令馬上破案，他要我們在空中找到殺人樹，然後投擲汽油彈，即使燒掉整片森林也在所不惜。」

　　「這……」博士苦笑起來，「不用這麼着急，起碼我們現在能控制局勢，殺人樹不敢出來……我看這計劃夠瘋狂的。」

　　「他的壓力也不小。」尼克無奈地説，「報紙和電視你們可能都沒看，上面全是這件事的報道，都説我們警方無能，傳媒居然還知道你們被請來，説你們這次也沒辦法了，一棵大樹把我們都難住了，現在傳媒説的都是難聽的

話。局長那裏有壓力，我也有壓力……」

博士他們用同情的目光看着尼克，作為具體負責人，尼克的壓力應該是最大的。

「所以我急着過來，問問有什麼進展。」尼克繼續說，「希望你們不要介意……」

「我們能理解你的心情。」博士連忙說。

「那我去打電話，看來空中偵測的辦法也行不通了。」尼克說着走向了電話機。

海倫和本傑明看着尼克去打電話，對視了一下，都聳了聳肩膀。

「唉，尼克警官看起來很怕那個叫德蘭的副局長呀。」保羅湊過來，小聲地說。

「那當然。」本傑明摸了摸保羅的腦袋，「德蘭是郡警察局的副局長嘛！」

「這倒是。」保羅點點頭。

尼克打完電話，垂頭喪氣地走了過來，看樣子又挨罵了。

「德蘭副局長要親自來。」尼克哭喪着臉說，「他說要親自處理這宗案件。」

奪命森林

「嗯？」博士看了看尼克，「你們的副局長要親自來？」

「是的，乘直升機來，很快就到了。」

「這是給我施壓呀。」博士突然笑了，不過他馬上收起笑容，「那就等他來，我們一起找找解決殺人樹的辦法。」

說完，博士又低下頭翻看起資料來。尼克警官則無精打采地獨自坐到沙發上。

博士看了看尼克，笑了笑。尼克畢竟還年輕，遇到事情和本傑明、海倫一樣，什麼都掛在臉上。

魔幻偵探所的偵探們繼續分析案情，尋找解決殺人樹的辦法。海倫和本傑明提出了幾個提案，不是太過冒險就是急於求成，全都被博士否定了。其實博士也很着急，猖狂的殺人樹就在森林裏，兩個失蹤者一定都已經被它殺害了，警方的直升機它都敢攻擊，這樣一個對人類威脅極大的魔怪，當然是越早除掉越好，但是博士一定要想一個穩妥的辦法。

「博士，你看我們是不是人手不夠？要不要向魔法師聯合會求援，請他們再派幾個魔法師來助戰？」海倫小聲

地問博士。

「現在的問題在於找到攻擊殺人樹的有效辦法。」博士冷靜地説，「我知道你也想採用以多打少、車輪大戰的辦法，但是攻擊辦法找不到，就算是以多打少也不穩妥。從資料上看，我們面對的殺人樹比明尼蘇達的那棵要厲害。對付那棵殺人樹，也傷了兩個魔法師呢，你們看到殺人樹的枝條了嗎？一旦被枝條擊中，就是魔法師都很危險的。」

小助手們聽着博士的話，都不住地點着頭。

正在這時，屋子外面由遠及近地傳來一陣直升機的摩打聲，那聲音越來越大，聽上去就知道有直升機在屋外降落。

「啊，副局長來了。」本傑明説着就跑到窗戶邊，「海倫，副局長來了，好威風呀，可惜穿着便裝，看不出他的警銜……」

尼克已經起身站到門口，另外幾名警員也都跟着站到門口，博士放下手中的資料，也站了起來。

不一會，門被推開了，一個身材高大，體型較瘦，身着便裝的人走了進來。他一臉的嚴肅，灰白的頭髮顯示出

他已經有些年紀了，不過從行動上看，他動作很敏捷。他就是諾森伯蘭郡警察局的德蘭副局長，他身後還跟着幾名警官。

尼克他們全都立正敬禮，德蘭面無表情地還禮。

「副局長，這位就是南森博士。」尼克走到博士身邊介紹説。

博士連忙伸出手，德蘭也伸出了手。兩人禮節性地握了握手，博士覺得德蘭的手很冷。

「南森博士，」德蘭開口了，「久仰你的大名，知道你破了無數魔怪的案件，我知道這次也是你發現的魔怪，非常感謝……只是，為什麼圍而不攻？有什麼困難嗎？」

「副局長，你可能不是很清楚，殺人樹能很好地防護住自己的主幹，而惟有攻擊那裏才能對其造成致命傷害，現在我正在想辦法……」

「我知道，它能把火箭炮都擋開。」德蘭説着坐到沙發上，抬頭看着博士，「不過我已經説過了，可以用火攻……噢，剛才我聽説你們的儀器可能無法找到殺人樹的位置，這沒關係，我可以從空中投擲汽油彈，把殺人樹燒死在裏面！」

「這……」博士張大了嘴巴，不知道他是對德蘭的直爽還是對他的計劃吃驚，或是兩者都有，「這好像是濫用武力，燒毀這樣大的一片森林，對這個地區造成的環境污染，不能不考慮呀……」

「我考慮過了。」德蘭不客氣地打斷了博士，他指了指森林，「可又能怎麼樣呢？讓那連殺兩人、擊毀警方直升機，造成一名重傷一名輕傷的殺人樹逍遙法外？重傷患者還沒有脱離危險期呢，傳媒全罵我們無能，而那殺人

樹就在幾十米外的森林裏，也許它正得意地看着我們笑呢……」

德蘭越説越激動，他猛地站了起來，走到窗戶邊，看着外面的森林。

「我能理解你的心情，但是……」

「沒什麼但是！」德蘭突然又回轉過身子來，他用力揮了揮手，「南森博士，我們曾和劫匪發生過街頭的槍戰，難道因為向劫匪射擊會損壞公物就不開槍了嗎？破案總是有損失的，關鍵是看動機，我們的目的就是幹掉那個殺人樹，我想公眾能理解我們的……」

「可是德蘭副局長，」博士也不客氣地打斷了德蘭的話，他的情緒受到德蘭的感染，也有些激動，「其實現在我們還控制着局勢，殺人樹不敢衝出來，再給我一些時間，我能找到解決辦法的！請你要有一定的耐心！」

「耐心？」德蘭冷酷地望着博士，「這你要去問林子裏那棵殺人樹，萬一它沒了耐心，衝出來再傷害到我們的警員怎麼辦？今天早上受重傷的警員家屬已經對我哭哭啼啼了，我不想再有警員受傷。趁殺人樹沒動手，我們發射汽油彈，從周邊開始燒，直升機飛到中心投彈，一把火就

解決問題了。」

「我説不行！」博士真的生氣了，「問題的嚴重性我知道，請相信我的判斷，它不敢隨便往外衝的，那些真正的大樹是它的保護，它藏在裏面誰也認不出它，依靠光合作用，它能生存下去，所以它不會輕易放棄這種保護。請再給我一些時間，不需要很長時間——我能用最小的代價取得成功——」

博士最後這幾句話幾乎是喊出來的，德蘭望着發怒的博士，倒是不再那麼氣勢洶洶了。他們爭吵的時候，無論是尼克警官，還是本傑明和海倫，都想去勸阻，但他們的語速飛快，插話都插不進去。

「好，我就給你時間，你儘快想出辦法，我等你！」德蘭一字一句地説，眼睛直直地瞪着博士。

「那好。」博士説着抱起桌子上的資料，「我想換個環境想辦法，可以嗎？」

「隨便。」德蘭氣呼呼地説。

博士抱着資料上了樓，本傑明、海倫，還有保羅緊緊跟上。

來到了自己的房間，博士把資料全都放到茶几上，他餘怒未消，氣呼呼地望着陽台外的森林。

「博士，」海倫湊過去，小心翼翼地説，「不要生氣了，我看那個副局長確實有些壓力，有來自受傷警員家屬的，還有傳媒的……」

「哼，你就會向着外人。」本傑明不滿意地揮揮手，「我看他是瘋了，他是一個瘋狂的副局長……」

「就是，他可真夠威猛的，上來就扔汽油彈，要是哪個歹徒躲在大樓裏，他肯定要把大樓炸了，『破案總是要有損失的。』」

保羅模仿着德蘭的話，大家聽到這話，全都笑了。緊張的氣氛緩解了。

「我們繼續工作。」博士揮了揮手，「儘快破案，這點我們和他是一致的……」

魔幻偵探們繼續開始討論，他們分析了多種辦法，反覆論證，時間一分一秒地過去，但是還是沒有結果。

伍勒森林裏，依然是一片寂靜。森林外，警方嚴陣以待；森林上空，直升機盤旋巡邏。在周邊的警戒線上，警方已經攔截了十幾次試圖穿越警戒線進入森林的記者，還有一些膽子大不怕死的人，看了報紙和電視台的報道，「慕名」前來，聲稱要進入森林生擒殺人樹，不過警方也把他們擋在了周邊。

「現在看來，找到殺人樹並不難。」房間裏，討論繼續進行，博士來回踱着步，「海倫提議隱身進入森林撒顯形粉，本傑明説進入森林後用動物當誘餌，或者是保羅説的，直接進森林找都能找到它，它是一棵非常高大的橡樹，保羅能記得它的外貌。這都是可行的辦法，關鍵是它顯身後怎麼對它進行攻擊，它防護得很好，一點也不怕我們呀……」

説着，博士看了看手錶，已經是中午十二點了。博士走到陽台上，看着外面的森林。

　　森林靜靜地矗立在那裏，博士又向前走了一步，來到陽台護欄前，他往下看了看，下面靠着房子的地方，有一棵不高的蘋果樹，幾根樹枝伸向陽台，好像是要托舉着博士一樣。

　　「本傑明——」南森眼睛一亮，突然叫道。

　　「什麼事？」本傑明、海倫、保羅都走了過來。

　　「我們來這裏之前，你從電腦上看到一個題目，是問一個小孩為什麼能輕易越過一棵大樹，對嗎？」博士有些興奮，「答案是大樹被砍倒了。」

　　「是呀。」

　　「我想我有辦法了！」博士拍了拍本傑明的肩膀。

　　「什麼辦法？」本傑明頓時激動起來。

　　「砍倒大樹用什麼？」博士做了一個砍樹的動作，「斧子、鋸子——伐木工人的主要工具，殺人樹對這些工具一定也有一種天然的恐懼，就像是碰到天敵一樣，我的手臂可以變化成兩把長長的鋼鋸，海倫和你使用長斧……」

「對呀，它一定會怕的！」海倫也激動起來，「可以試一試，我在《魔法世界報》上看過一篇報道，有個害人的鼠妖很有法力，但是就是怕貓叫，更怕看見貓。其實牠的法力可以很輕鬆地對付一隻貓，但它就是害怕……」

「有了它怕的東西，就好對付它了。」博士使勁點點頭，「完全可以一試。噢，對了，保羅，只要它害怕，就會有漏洞出現，到時候你的導彈就能發揮威力了……」

「有什麼辦法？你想好了？」保羅連忙問。

樹妖終究還是樹，對樹的天敵還是有天然恐懼的。

正在這時，博士的手提電話響了，那手提電話在桌子上，像是要跳起來一樣，博士對保羅做了一個等等的手勢，跑去接電話。

「南森博士，不好了，德蘭副局長等不及了，他帶人進了森林。」電話裏，尼克急促的聲音傳來。

「什麼？」博士大吃一驚，電話差點掉在地上。

「他説你説得對，他也擔不起毀掉一處國家公園的責任，就帶了一支警隊進了森林，他們配備了火餂噴射器，要找到那棵殺人樹，幹掉它……」

「他怎麼能找到呢……」

「上次進森林的警員裏有幾個冒失鬼，説還認得那棵殺人樹，能找到它，德蘭副局長就讓他們帶路進樹林找，他還説殺人樹不是山毛櫸也不是榆樹，找起來不算難……」

「殺人樹在暗處，你們在明處……」博士急得差點跳起來，「真是太冒險了，喂，你在哪裏？」

「我在隊伍的最後面，他不讓我通知你們，我想了想……」

「你做得對，我們馬上來。」博士急忙説，「你們從

哪裏進入森林的？」

　　「就在你們那所房子左面一百米處，我們剛進來，大概走了一千米了，我們在向森林中央進發⋯⋯」

　　「海倫，本傑明，保羅，跟我來。」博士説着掛上了電話，向外跑去，「要出事了，德蘭帶人進森林了，這下不用誘餌了，他們變成誘餌了！」

　　他們一起跑下樓，衝出後門，跑進了森林。

第十一章　德蘭帶隊冒險入森林

德蘭帶着一個警員大隊進了森林，他們一共有七十多人，配備了各式火力強大的武器，尤其是他們帶了三十多支火燄噴射器。德蘭就是要用火攻，他認為殺人樹能阻擋火箭彈攻擊，但是面對烈燄的噴射，一定無法阻擋。

進入森林的警員大隊也不是冒冒失失的，他們分工明確，側翼有保護，前方有尖兵，德蘭在中間靠前的位置指揮。在隊伍最前面帶路的幾名警員，是上次和尼克警官進入森林後，親眼看到殺人樹的那幾名警員。

伍勒森林裏多是山毛櫸，還有榆樹，警員們只對橡樹，特別是粗大的橡樹感興趣。

「是不是那棵？」隊伍前，一名警員指了指不遠處的一棵大橡樹。

「看上去不像，殺人樹要比這棵高。」另外一名警員說道。

「而且第一個分叉在左邊，這棵在右邊。」又有一名

見過殺人樹的警員說道。

「戴爾，不是這棵。」一名警員對身後一名拿着繩子的警員說道。

拿着繩子的警員小心翼翼地走過去，把一根橘紅色的繩子繫在樹身上，這表示這棵大樹已經被檢測過了。德蘭認定，依靠那些見過殺人樹的警員，這樣耐心地搜索，是能夠找到殺人樹的。

警員們小心翼翼地前進，德蘭知道進入森林很危險，所以防範措施也很嚴密，在天空中，幾架直升機盤旋着，如果遇到情況，可以隨時投入戰鬥。

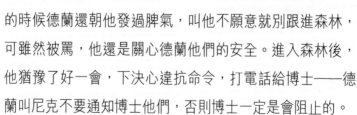

尼克警官很不情願地跟在隊伍後面，進入森林的時候德蘭還朝他發過脾氣，叫他不願意就別跟進森林，可雖然被罵，他還是關心德蘭他們的安全。進入森林後，他猶豫了好一會，下決心違抗命令，打電話給博士——德蘭叫尼克不要通知博士他們，否則博士一定是會阻止的。

　　警員們在森林裏前進，不斷有被否認的橡樹被繫上繩子，他們慢慢地接近了森林的中央地帶。

　　「地面呼叫，地面呼叫。」德蘭對着對講機呼叫，「有什麼情況？有什麼情況？」

　　「一切正常，沒有發現異常。」對講機裏傳來一把聲音，「報告完畢。」

　　「好的，仔細觀察。」德蘭説着放下了對講機，走到隊伍前。

　　「報告，還是沒有什麼發現，我們現在應該是在……」隊伍頭排的一名警員看到德蘭，馬上報告，他指了指手裏的地圖，「啊，應該是這裏，已經接近森林中心了，上次遇到殺人樹大概就在這個地方……」

　　「好，小心觀察。」德蘭説着抬起頭，看了看四周的大樹。

　　「大家散開——」突然，尼克驚恐的聲音傳來，走在隊尾的尼克突然看到一棵大榆樹後面有什麼東西在動，好像是長長的樹枝，他連忙喊叫起來。

　　警員們慌忙散開，就在這時，幾根長長的枝條從大榆樹後面掃了過來，十幾名警員躲閃不及，當場被掃中，慘

叫着倒在地上，不過還好傷得不是很重。

「攻擊——攻擊——」德蘭躲開了攻擊，連忙大喊起來，他舉起對講機，「直升機，我們遇到襲擊——」

「啪啪啪——」機槍聲響起，尼克和幾名警員開始向大榆樹後面開火了。

「呼——」的又是一陣風聲，十幾根枝條再次掃來，躲在大榆樹後面的殺人樹早就發現了警員，第一次突襲掃倒了十幾名警員，第二次突襲又來了。

警員們看到又有枝條掄過來，連忙躲閃，不過還是有三名警員被打中，受傷後倒地。殺人樹一下從大榆樹後面閃身而出，一部分枝條舞動起來保護樹身，一部分枝條舉起來要砸向警員。

「退後射擊——」德蘭大聲喊道。

早就有警員們攙扶起受傷的同伴，後撤到殺人樹枝條的攻擊距離之外。德蘭和尼克也撤到相對安全距離，組織反擊。

天空中，幾架直升機一下就看到了移動的殺人樹，連忙飛過去圍攻，當然，它們都不敢低飛。

「現身了！正好！」德蘭看了看身邊的尼克，「尼克，你帶十支噴射器，繞到它的右側，聽我的指揮，一起射擊。」

「是。」尼克答應一聲，隨後看了看身邊的一名警官，「第二小隊，跟我來——」

「喬治，你帶十支噴射器去左側，快——」德蘭説着拍了拍一名正在用機槍射擊的警官。

「是。」喬治警官喊道，「三小隊，跟我來——」

兩支小分隊分別繞到了殺人樹的兩側。森林裏此時槍

聲大作，殺人樹正揮舞着枝條，很緩慢卻很堅定地逼近德蘭的警隊，子彈和火箭炮根本就擋不住它，直升機上的攻擊也無濟於事。

「火燄噴射器準備——」看到尼克和喬治布置到位，德蘭手持對講機，激動地喊着，「射擊——」

德蘭一聲令下，只見三十多支火燄噴射器從三個方向一起朝殺人樹噴出了烈燄。三十多根火柱頓時包裹住了殺人樹，殺人樹慘叫一聲，停止了前進。烈火在它身上燒了起來。

「射擊——」德蘭興奮地站了起來，手臂用力地揮舞着，「燒死它——」

三十多支火燄噴射器再次一起發射，殺人樹完全被火燄覆蓋了，尼克也興奮地跳了起來，眼看殺人樹就要變成一堆灰燼了。

「風來——風來——」忽然，殺人樹發出兩聲甕聲甕氣的呼喊，頓時，它的身後突起一陣狂風，那狂風的力度極大，一下就把覆蓋在殺人樹身上的烈燄吹得四處散開。

德蘭和尼克他們都驚呆了，他們被風吹得瞇着眼睛，傻傻地站在原地，看着眼前這不可思議的一幕。

殺人樹使用魔法擺脫了烈燄焚身，它更加瘋狂地揮舞起那些枝條，此時還有一些警員在向它噴火，殺人樹張開了大嘴，對着面前的警員用力地吹出一口氣，火燄噴射器噴出的烈燄頓時飛向噴射者自己，好幾名警員的身上都起火了。

「撤——撤——」德蘭反應了過來，他的褲子也被燒着了，他拍打着褲子，招呼手下後撤。

一名背着火燄噴射器的警員身上着火了，一旦火燄引爆他背着的油瓶，他便必死無疑。那名警員拚命拍打着自己身上的火苗，但是火苗卻越燒越大。

德蘭剛剛拍滅褲子上的火，看到身邊那名背着油瓶，身上已經着火的警員，他連忙衝上去幫着拍打那些火燄。

「你快走——別管我了——」那名警員痛苦地對德蘭喊道，他身上的火更大了。

德蘭沒有走，而是更加用力地拍打那些火燄，看到拍不滅那些火燄，他伸手去解油瓶背帶，想把油瓶解下來扔掉，但是由於太着急，油瓶怎麼也解不下來。油瓶上已經有火苗亂竄了，形勢十分危急。

第十二章　會轉方向的追妖導彈

就在這時，一股狂風吹來，那名警員身上的火燄頓時就被吹散了。

「大家後撤，我們來對付它——」

話音剛落，博士和小助手們衝到了警員們的前面，剛才正是博士用法術救下那名身上着火的警員，他們來得非常及時。

「南森博士——小心呀——」尼克在不遠處喊道。

「知道，你們後退——」博士招了招手。

德蘭的手被燒傷了，但是不算嚴重，他看了看博士，滿臉羞愧地帶着手下向後退去。殺人樹再次遇到博士，又見博士他們救下了警員，於是暴跳如雷，揮舞着呼呼作響的枝條，砸向博士。

「無影鋼鐵牆——」博士、海倫、本傑明一起喊道。

合體的無影鋼鐵牆一下就攔在博士他們面前，枝條重重地砸在鋼鐵牆上，發出震耳欲聾的聲音。殺人樹砸了三

次，沒有砸開鋼鐵牆，氣急敗壞，它一下把腳抬起來，用力地踩下去。

「閃——」博士喊道，他們三人和保羅隨即一起飛速閃開。

「轟——」的一聲巨響，鋼鐵牆被踩倒，地上被砸出一個大坑。

「凝固氣流彈——」博士他們三人又聚集在一起，各唸口訣。

三枚氣流彈筆直地飛向殺人樹，殺人樹輕鬆地揮舞着枝條擋開了氣流彈。此時，天上的直升機仍盤旋在殺人樹頭頂射擊，德蘭和尼克他們退到安全地帶，也開始組織射擊，但是這都無法對殺人樹構成實質性的威脅。

殺人樹逼近過來，博士和小助手們開始後撤，剛退到安全地帶的警員們連忙繼續後撤。

「你們還有什麼別的本事嗎？就會這幾招嗎？」殺人樹很得意，它邁開步子衝向博士他們，「我要殺了你們——」

南森博士看了看海倫和本傑明，他們都點了點頭，博士不再後撤，突然向前邁了一步。

「千斤鋸——」

隨着一句口訣，博士的兩條手臂頓時變成兩把長長的、寬寬的鋼鋸。

「長柄斧——」本傑明和海倫各唸口訣，頓時，他倆手中各出現一把木柄長斧。

博士揮着鋼鋸，本傑明和海倫舞着斧子向殺人樹衝了過去。

殺人樹見到鋼鋸和斧子，頓時愣住了，正在遲疑間，博士的鋼鋸一下就向它的樹幹橫掃過來。

「啊——」殺人樹連忙想用樹枝去擋，但是那些樹枝見了鋼鋸，似乎都不聽話了，所有的樹枝都往樹身後面躲避。

殺人樹慌忙往後一退，鋼鋸擦着它的樹幹揮了過去，樹幹上的一塊皮被鋼鋸掃掉，殺人樹疼得大喊起來。

「砍死你——」本傑明和海倫一左一右揮着斧子向殺人樹砍去，殺人樹拔起腿連忙後退了幾步。

「保羅——」博士見狀，大喊一聲。

保羅的後背一下打開，導彈發射器彈了出來，只見兩枚追妖導彈「嗖」地飛出來，向殺人樹的樹幹飛去。

殺人樹連忙一躲，兩枚導彈全都射偏了。

「這怎麼行？差太遠了。」尼克在一邊焦急地喊道，他感覺保羅的導彈一射出就偏離方向，即使殺人樹不躲避也打不中，「保羅——瞄得準一些再打——」

殺人樹躲過了導彈攻擊，驚慌地望着面前那揮舞的鋼鋸和斧子。這時，已經飛過殺人樹樹身的導彈突然掉頭飛了回來，直直地向殺人樹的樹幹襲來。

殺人樹只顧着防備鋼鋸和斧子，後面的導彈攻擊根本就沒有察覺。

「轟——轟——」兩枚導彈全部射中殺人樹的樹幹後爆炸，那爆炸聲響徹了整個森林，爆炸現場一片狼藉，枝條四處飛濺，一股濃煙籠罩了現場。

博士他們躲避着飛濺的殘枝，剛才的招數是博士想出來的，導彈就是要故意射偏，讓殺人樹不察覺，博士一邊尋找進入森林的警隊，一邊把招數告訴了保羅。

「要不要再給它來一顆？」保羅扭頭看了看博士。

「行了，保羅，它完蛋了。」博士擺了擺手。

濃煙散盡，只見殺人樹已經倒在地上，它的樹幹和樹冠被炸開，已經完全分離了，有一枚導彈打在它的樹幹

下，兩隻「腳」也被完全炸飛。

　　博士他們小心地走向殺人樹，身後，警員們也提着武器走了過來。

　　「啊——啊——」殺人樹有氣無力地躺在地上哀吼着，嘴巴張得很大，一股股淡綠色的氣體從裏面噴了出來。

　　「它死了嗎？」尼克的聲音從博士身後傳來。

　　「差不多了。」博士看着腳下的殺人樹，「樹幹、樹冠、樹根完全分離，彈片也射進了樹幹。」

「我、我要殺了你們……」殺人樹緩緩地說，它還想站起來，但根本就無法站起。它那黑洞洞的雙眼射出怨恨的目光，掃射着眼前的那些人。

「前幾天那兩個進入森林的人呢？」博士沒有理睬它，蹲下身子問道。

「你說呢？」殺人樹輕蔑地說，它嘴裏吐出來的氣體淡了一些。

「你是怎麼變成樹妖的？」博士繼續問，「聽着，這算是一筆交易。你死了以後，我會把你的樹幹，還有你的樹枝、樹葉收集起來埋掉，否則的話人們就會把你的樹幹拿去展覽，那些剩下的樹枝一部分會爛在這裏，另外一部分會被揀走，當柴燒或者築羊欄，你明白我的意思嗎……」

「是巫師，巫師煉魔藥，湯渣全都倒在我的樹根下，那時我還是棵小樹……」殺人樹急忙說，「就在博多森林東邊，那是我生長的地方，大概是三百年前，有三個巫師在那裏練了兩年的魔藥，我也喝了兩年的湯渣。」

「這麼說你生長在博多森林了？怎麼會到這裏來的？」博士連忙問，他看出殺人樹已經快不行了。

「我不是喝了魔藥馬上就能行動的，我從樹變成樹妖，有了魔性，但魔性小，還不能移動，巫師走後，我依靠吃森林裏的小動物生存，喝牠們的血，魔性越來越大了⋯⋯」殺人樹緩了緩，「二十多天前，我終於能行走了，我追幾隻狐狸，跑到這座森林，然後就住在這裏了。我在這座森林裏抓小動物吃，動物們知道我在這裏，都跑了，我也想離開。後來有個人走到我身邊，我知道吃人會讓魔力大增，但我以前從來不敢吃人，我怕引來魔法師，我又不會移動⋯⋯」

說着，殺人樹吁出一口氣，它兩個眼睛慢慢地開始收縮。

「這次不一樣了，我可以移動了，我就吃了他，後來又吃了一個⋯⋯」殺人樹說着，開始急促地喘氣了。

「那天我們進入森林，你是不是已經發現了我們？為什麼沒有展開攻擊？」博士拍打着樹幹，急忙問。

「是、是的，我知道你們在搜索我，也知道你們是魔法師。」殺人樹的呼吸變得越來越急促，淡綠色的氣體也越來越稀薄了，「我聽巫師說魔法師很厲害，那也是我第一次碰到魔法師，猶豫中沒有動手。後來森林邊來了一個

小魔法師和小狗，我就抓了他們……」

　　説着，殺人樹的兩隻眼睛完全閉上了。

　　「喂，你……」博士大聲地呼喊道。

　　「記得把我埋起來……」殺人樹説完，嘴巴也閉起來，它一下就變成了一根普通的樹幹——倒在地上的樹幹。

　　博士站了起來，他低着頭，一直沒有説話，大家全都看着他。直升機此時也遠去了，森林裏安靜極了。

　　「它死了，無論是作為一棵殺人樹還是普通的樹。」博士回頭看看尼克警官，「我還有一些問題沒有問呢，寫結案報告時，一些細節只能靠推測了。」

　　「關鍵問題解決就可以了。」尼克説道，他指了指殺人樹的樹幹，「它……怎麼處置？」

「我來吧。」博士說着從口袋裏掏出了裝魔瓶，隨後把瓶子舉到半空中，「樹妖枝體，縮小進來——」

只見地面上殺人樹的主幹和樹冠立即縮小，一些炸斷的殘枝和落葉紛紛縮小，隨後全都飛進了裝魔瓶。

所有在場的警員們都驚訝地望着這一幕。

「兩天後這些東西就會完全化成一堆廢渣，我會把這些無害的渣子埋起來的。」博士說着看了看大家，「殺人樹可能還不知道，它的一些殘枝如果被插在地上，有可能會復活，還會變成樹妖，因為這些殘枝也都是有魔性的。」

大家恍然大悟，還好博士有處置辦法，否則那些殘枝要是留在森林裏，將會後患無窮。

終於解決了殺人樹，大家收隊往回走去，受重傷的幾名警員已經被抬出了森林。博士和尼克警官一邊走一邊說着話，忽然，他一抬頭，看見不遠處德蘭正在向自己這邊看，博士對德蘭擺了擺手。

德蘭尷尬地笑了笑，隨即低下了頭。

尾聲

回到偵探所一個月後，南森博士在實驗室裏做實驗。忽然，門鈴響了起來，博士連忙去開門，本傑明他們都不在。

門打開了，門口站着的是一個俊朗的年輕人，他正是身穿便服的尼克。

「尼克警官？」博士很高興，「你怎麼來了？」

「來倫敦開會。」尼克笑容滿面，「順道來看看你們。」

「那快請進。」博士連忙把尼克請進屋裏。

博士剛要關門，本傑明一下把門推開了。

本傑明手裏拿着一份報紙走了進來，他一邊看報紙，一邊抬頭看了看，這時他看到了尼克，「噢？我説是誰來了呢？原來是尼克警官，啊？你穿着便服，德蘭把你開除了？真不像話，你打電話通知我們德蘭進了森林，確實違背了他的命令，可是如果我們不來……」

　　「不是這樣的。」尼克笑着擺擺手，「我來這邊開會，可以穿便服……」

　　「噢，是這樣呀。」本傑明鬆了口氣。

　　正在這時，門又被推開了，海倫抱着兩袋東西走進來，她剛才去了超級市場。

　　「尼克警官？」海倫一見尼克便驚叫起來，「你怎麼來了？你穿着便服？德蘭把你開除了？你來倫敦找工作？……」

　　「不是，我是來開會的，可以穿便服……」尼克又解釋道。

「噢，是這樣呀。」海倫連忙説。

門再次被推開，保羅走了進來，他剛才一直在外面玩。

「咦？尼克警官？」保羅看到尼克，搖了搖尾巴，晃了晃腦袋，「你怎麼來了？你穿着便服……」

「德蘭把你開除了？！」博士、海倫、本傑明異口同聲地説道。

「哈哈哈——」他們一説完，都笑了起來。

「我就是要這樣問的呀？有什麼好笑呢？」保羅疑惑不解地問。

「哈哈哈——」大家又都笑了起來。

「不是，我是來開會的，可以……」尼克笑着説。

「穿便服。」博士、本傑明、海倫又異口同聲地搶着説。

話音一落，大家又都笑了起來，房子裏充滿了歡樂。

「我説你這樣有才幹的警員，怎麼會被開除呢？」本傑明眉飛色舞地説道，「你這麼年輕就是高級督察了，今後……」

「噢，打斷一下。」尼克笑着擺擺手，「我現在是總

督察了，來開會之前任命的……」

「啊，你升職了？恭喜你。」海倫馬上説。

「是的，德蘭副局長提名的，他説我處置問題靈活機動，能顧全大局……」

「啊，這個德蘭，」本傑明説，「他可是沒有看錯人。」

「博士，他還邀請你有時間再去我們那裏接受訪問，他還有很多問題向你請教呢。」尼克向博士説道。

「好的。」博士説完狡黠地一笑，「我還有問題請教他呢！」

「什麼問題？」保羅搶着問。

「我要讓他判斷一下，我們的尼克總督察什麼時候升任英格蘭地區警察總局局長。」

「這……怎麼好意思。」尼克説着，臉都紅了起來。

樹妖的傳說

　　魔法世界中有一種與吸血鬼、幽靈、山妖、水怪等魔怪不同的「植物類」的魔怪，比如說：食人花、殺人樹等。殺人樹，一般被稱為樹妖，是一種非常兇殘、頗具法力的魔怪。這種魔怪的隱蔽性非常強，它隱沒在茂密的森林裏，外表看起來和森林裏的樹木沒什麼分別，人類和動物一般都不會對它有所警惕，所以此類魔怪對人類和動物來說都是一大威脅。

　　樹妖的形成原因一般有兩種：一種是純粹的人為培育——某些邪惡的巫師專門煉製一些魔藥來澆灌幼小的樹木，被澆灌的小樹木會慢慢出現魔性，但是這些小樹木要長成能獨立行走的樹妖需要百年以上的時間。

　　另外一種原因也是人為的，但屬於無意——有的巫師在某個地方長期煉製魔藥時，將煉藥的殘渣長期倒在同一個地方，如果這個地方有棵樹，那這棵樹也

有被培育成殺人樹的可能。本書的樹妖成因屬於第二種情況。

　　無論是巫師有心培育的樹妖還是被無意澆灌成的樹妖，都會用自己身上的樹枝來捕食小動物，如果遇到人類，它們也會對人類進行捕食，因為吸食小動物和人類的血肉可以增進樹妖的魔力。

　　樹妖在生長的過程中，其身上的樹洞會慢慢轉化為類似動物嘴巴一樣的進食器官，一些樹洞還會形成「眼睛」一樣的器官，這時的樹妖保持着「植物性」，同時也具備了一些「動物性」。最後，樹妖會完全擺脫土地的束縛，將樹根轉化為「雙腳」直立行走，此時的樹妖已完全長成，並且可以移動作怪了。

　　魔法師對付樹妖的方法，是要對樹妖進行全面的摧毀，因為很多普通樹木的樹枝都有再生能力，樹妖的枝條有魔性，就更具備再生能力了。如果只是將樹幹摧毀，樹妖會通過枝條再生重新「復活」，所以要徹底解決樹妖，必須在摧毀樹幹之後將其枝條收集起來，進行粉碎或焚燒，這樣才能真正消滅樹妖！